삽질하면 어때

일러두기

● 도서 제목은 『 』, 잡지·신문 등의 제호는 《 》, 영화·노래 등의 제목은 「 」로 묶어 표기했습니다.

● 외래어 표기는 국립국어원 외래어표기법을 따르되, 통용되는 기업명, 브랜드명, 제품명 등은 대부분 그대로 적었습니다.

박연 지음

삽질하면 어때,

인생은

재미만 좇기엔

허탈하고,

의미만 찾기엔

피곤하잖아?

들어가는 말

책을 쓰는 데 오 년이 걸렸다. 지금껏 진행한 프로젝트 중에서 가장 오래 걸렸다. 글을 쓰는 게 쉽지 않았다. 나는 고요한 새벽에 혼자 앉아 초 집중을 해야 글을 쓸 수 있다. 내가 하는 수많은 일 중 가장 집중을 필요로 했기 때문에 유일하게 음악조차 허락되지 않은 작업이다. 그럼에도 불구하고 내가 왜 이 책을 썼는지 새삼스럽게 생각해 보았다.

『인문학으로 콩갈다』를 출간한 지 십이 년이 지났다. 십이 년, 짧다면 짧고, 길다면 긴 시간이다. 분명한 사실은 그간 나는 많이 헤맸고, 결과적으로 나만의 길을 찾아가고 있다. 이십 대 후반이 될 때까지 사춘기를 겪었다고 말해도 과언이 아니다. 가능한 많은 곳을 가 보고, 많은 사람을 만나 보고, 많은 것을 듣고 보고 느끼고, 많은 실수를 하며 나름의 배움을 얻었다. 부딪히고, 넘어지고, 헤매고, 울음을 터뜨린 시간이었다. 어떻게든 재미있고 의미 있게 살고 싶었기 때문에 넘어져도 일어나고, 안 될 것 같아도 도전해 보았다. 삽질했다는 생각에 허무하기도 했다. 하지만 모두 나를 만들어 나가는 데 도움이 된 유익한 시간이었다고 믿는다.

내가 이 책을 쓴 이유는 더 많은 사람이 겁 없이 주체적으로 살았으면 좋겠어서다. 때로는 고생과 허탈함이 동반되지만, 주체적으로 살기 위해서는 최대한 많은 것을 시도해야 한다. 원하고 필요한 게 뭔지 따져 보고, 때로는 욕심을 부려 보고, 원하는 게 확실하면 코피 터지게 열심히 달려 보고, 아닌 것 같으면 재빨리 판단을 바꾸면 된다. 타인의 시선을 의식할 시간에 내가 좋아하는 걸 찾고, 타인의 기준이 아닌 나만의 기준으로 사는 게 주체적인 삶이 아닐까.

더 많은 사람들이 솔직해지고 끝없이 질문을 던지는 세상이 오길 꿈꾼다.

2장 어떻게 살지는 내가 정해야지!

1장

살면서 한 번은
바닥도
쳐 봐야지!

불만족은 나의 힘

사람은 누구나 욕구를 가지기 마련이다. '응? 나는 딱히 별다른 욕구가 없는데?'라고 생각하는 사람도 있을지 모르지만, 그건 욕구를 거창한 것과 연결 짓기 때문일 가능성이 높다. 사실 욕구란 게 별거 아니다. '표준국어대사전'을 보면 욕구는 이렇게 풀이돼 있다.

욕구: 무엇을 얻거나 무슨 일을 하고자 바라는 일.

가지고 싶은 게 하나라도 있다면, 이루고 싶은 일이 한 가지라도 있다면, 가지고 싶고 이루고 싶은 그 마음이 바로 욕구다. 사람에 따라 성장의 동력은 제각각일 텐데, 나의 경우 이 욕구가, 정확히는 욕구가 충족되지 않았을 때 뒤따르는 불만족이 나를 성장시킨 힘이었던 것 같다.

흔히 불만족을 행복과 상충되는 개념으로 인식하는데, 사실 불만족이야말로 행복을 위한 전제 조건이 아닐까 싶다. 생각해보자. 우리는 만족하거나 행복한 상태에서는 굳이 그 이유를 찾을 필요를 느끼지 못한다. 만족감과 행복감을 만끽하기에도 바쁘니 말이다. 하지만 불행하거나 불만족스러운 상황이라면? 이를 해결하고픈 마음에 이유를 찾으려 애쓰는 경우가 대부분이다. 불행과 불만족의 원인을 찾고자 고민하고, 또 이를 극복하고자 노력하는 과정에서 우리는 한 걸음 더 나아간다. 그렇게 한 걸음씩 걸어 비로소 원하던 목표에 도달하면 '스스로 이겨 냈다', '마침내 해냈다'는 성취감과 만족감, 그리고 행복이 찾아온다. 그래서 불만족은 성장의 주춧돌이자 행복의 디딤돌이 되는 것이다.

1991년에 태어나 삼십여 년째 세상을 살아가고 있는 나의 과거를 되짚어 보면 '내가 가졌던 욕심 ─ 이를 충족하기 위한 시도 ─ 실패 후 느낀 불만족 ─ 불만족을 해소하기 위한 노력'이라는 과정을 통해 한 단계씩 성장해 온 것 같다. 한마디로 '불만족은 나의 힘'이랄까. 그 시작은 미국 트로이의 에마 윌러드 스쿨에 다니던 고등학생 때였다.

◆◆◆

고등학생 박연은 학구열과 승리욕으로 가득 차 있는 학생이었다. '난이도가 높은 수업을 듣고 싶다.', '올 A를 받고 싶다.', '오늘 밤을 새우는 한이 있더라도, 이 과제는 끝마치고 말겠다.' 같은 생각들에 사로잡혀 있었다. 더 많이, 더 깊이 배우고 싶고, 더 잘하고 싶었다. 그래서 '좋은' 대학에 가고 싶었다.

좋은 대학에 대한 뚜렷한 기준이 있었던 건 아니다. 당시만 해도 '많은 사람들이 좋다고 평가하는 대학', 그러니까 소위 명문대가 좋은 대학이라고 생각했다. 하긴 고작 십몇 년을 살고 '남들이 좋다는 대학'이 아니라 '본인에게 좋은 대학'이 어디인지 정확히 알기란 불가능한 일 아닐까?

아무튼 목표를 세우면 어떻게든 달성해야만 직성이 풀리는 성격 때문에, 공부를 굉장히 열심히 했다. 새로운 배움을 얻는 데서 오는 기쁨이 커서 그 과정이 그리 고통스럽진 않았고, 다행히 노력한 만큼 결과도 따라온 덕분에 성취감과 승리감도 느낄 수 있었다. 나와 경쟁하는 또래 친구들을 이겼다는 승리감보다는 게으름을 피우고 싶은 나, '이 정도면 되지 않았나?' 안주하고픈 나를 이겨 냈다는 승리감이 더 컸다. 나는 '나태한 나'에게 절대 지고 싶지 않았고, 그래서 시험 준비 기간에 교재나 문제집을 보며 늘 스스로에게 외치곤 했다.

'어디, 네가 이기나, 내가 이기나 한번 해보자!'

시험공부는 더 자고 싶은 수면욕에 허덕이는 나와 더 잘하고 싶은 성취욕에 불타는 나 사이의 한판 싸움이 되곤 했다. 이렇듯 승패의 기준이 '나'에게 맞춰져 있어서인지, 다른 사람들에게 칭찬을 들어도 별 감흥이 없었다. 상대방이 아무리 좋게 평가해도 스스로 납득이 가지 않으면 무의미했던 것인데, 성장에 대한 욕구가 워낙 컸기 때문이다. 칭찬을 들을 때마다 기쁘긴커녕 오히려 가슴이 답답하곤 했다.

'내가 그림을 잘 그린다고? 내가 공부를 잘하고 아는 게 많다고? 내가 패션 감각이 뛰어나다고? 난 그림을 훨씬 더 잘 그리고 싶은데! 내가 아는 것보다 모르는 게 훨씬 더 많을 텐데! 난 더 멋진 스타일을 갖고 싶은데!'

많은 사람들이 건방지다고 생각할 만한 태도라는 것, 잘 안다. 고마운지도 모르고 말이다! 물론 나에 대해 좋게 평가해 주는 것은 당연히 고맙다. 다만 '목표는 아직 한참 멀었는데, 벌써 칭찬을 받다니? 여기에 만족하고 안주하면 안 되는데.' 하는 마음에 칭찬을 반길 수 없었던 것뿐이다.

나의 기를 살리는 말보다는 나의 기를 죽이는, 그래서 더 노력하게 하고 결국 성장하게 하는 말을 듣고 싶었다. 내가 향상할 수 있는 부분에 대한 날카로운 지적, 나의 생각이나 논리에 대한 건설적 비판, 그리고 나를 자극하는 동경과 질투의 대상을 간절히 원했다. 더 많이 자극받고 더 크게 노력해서 더 멋진 사람이 되고 싶었기 때문이다.

모범생처럼 공부도 잘하면서, 양아치처럼 잘 놀고도 싶었다. 에세이도 잘 쓰면서, 그림도 잘 그리고 싶었다. 옷이나 색감을 고르는 감각뿐 아니라, 정확한 단어를 선택하는 감각도 갖고 싶었다. 영화에 대해 냉철하게 분석하는 능력과 더불어, 대사를 듣고 나도 모르게 눈물을 흘리는 감수성도 갖고 싶었다.

정말이지 그때의 나는 욕심으로 가득 차 있었고, 그래서 늘 스스로가 불만족스러웠다. 그 불만족을 해결하고자 하는 마음이 어려운 공부도, 힘든 시험도 이겨 낼 수 있는 힘이었고 말이다. 그렇게 불만족에서 벗어나고자 치열히 노력한 덕분에 2011년 5월, 명문대라 불리는 미국 컬럼비아대학교의 합격 통보를 받았다. 마침내 목표를 이뤘으니, 이제 더 이상 불만족을 느낄 일은 없었을까?

◆◆◆

꿈에 그리던 뉴욕에서의 대학 생활이라니! 처음에는 좋은 대학이라는 목표, 그리고 목표에 도달하고 싶다는 바람을 이루었다는 기쁨에 도취돼 하루하루가 마냥 행복하기만 했다. 대학교 캠퍼스는 넓고 아름다웠고, 정말 다양하고 재미있는 친구들을 많이 만났으며, 학업도 흥미진진했다.

하지만 입학 후 일 년이 지난 무렵, 처음의 만족은 불만족으로 바뀌어 있었다. 나는 더 이상 뛰어난 학생이 아니었고, 나를 칭찬해 주는 사람은 아무도 없었다. 제출한 과제물에는 종종 A가 아닌 B가 적혀 있었다. 무엇보다 나의 생각에 반하는 논리를 펼치거나 내가 모르는 분야에 대한 지식을 가진 친구들이 너무도 많았다. 뇌인지과학을 공부하며 취미로 전자음악을 작곡하는 친구, 나는 난생처음 들어보는 일본 하위문화에 대해 엄청난 지식을 자랑하며 두 시간 동안 쉬지 않고 이야기를 풀어내는 친구, 《보그》표지에 실려도 무방할 스타일을 가진 친구, 오 개 국어로 소통이 가능한 친구 등 나의 기를 죽이는 사람들이 도처에 존재했다.

그동안 내가 알고 겪어 온 세상이 좁디좁게만 느껴졌다. 나는 도저히 범접할 수 없는 영역에 있는 듯한 친구들이 놀랍기도 하고 한편으론 무섭기까지 했다. 시간이 흐를수록 내가 작아지는 것만 같았고, 그런 내가 너무도 못마땅했다.

'아니, 기를 살리는 말보다는 기를 죽이는, 그래서 더 성장하게 만드는 말을 원했다면서? 동경과 질투의 대상을 바랐다며? 그럼 이것이야말로 네가 원한 최고의 상황 아니야?'라는 말이 들리는 듯하다. 맞다. 분명 고등학생 박연이 꿈꾸고 원하던 상황이었고, 실제로 처음에는 대단한 친구들로부터 엄청난 자극을 받아 더 치열하게 노력했다. 문제는, 어느덧 욕구의 무게중심이 '나'에서 '남'으로 바뀌어 있었다는 것이다.

승리욕, 싸워서 이기려고 하는 욕구. 이 욕구가 나를 상대로 했을 때는 아무 문제가 되지 않았다. 이전까지는 오직 '안주하려는 나', '나태해지려는 나'와 싸웠고 '더 나은 나'를 목표로 달렸다. 어차피 이기는 사람도 지는 사람도 모두 나이기에 승패에 연연할 일이 없었고, 또 그 모든 싸움이 결국 나의 성장으로 이어지기에 과정 하나하나가 유익하고 소중했다.

그런데 말 그대로 엄청난 친구들을 만나다 보니 '그들'처럼 되고 싶다는 욕심이 생겼다. 하지만 그들이 가진 배경, 경험, 지식은 내가 욕심을 낸다고, 그래서 노력한다고 가질 수 있는 것이 아니었다. 욕심을 부리면 부릴수록 내가 보잘것없게 느껴졌고, 노력하면 할수록 나와 친구들의 차이만 실감할 뿐이었다. 그러다 보니 불만족은 더 이상 성장을 위한 힘으로 작용하지 못하고, 오히려 나를 갉아먹기만 했다.

결국 나는 고등학교 시절 내내 나의 성장을 견인해 온 승리욕을 잠시 봉인하기로 했다. 내가 아닌 다른 누군가와 싸워서 이기는 것은 나의 성미에 맞지도 않았고, 그렇게 성장한다고 해서 별로 행복할 것 같지도 않았기 때문이다. 어쩌면 비겁한 변명이었을까? 나보다 더 잘하는 사람들, 훨씬 뛰어난 사람들을 만났다면, 승부욕과 승리욕을 발휘해 어떻게든 뛰어넘어야 했을까? 그래야 더 큰 성장이 가능한 걸까? 물론 그럴 수도 있지만, 설사 그렇다고 해도 상관없다. 나와 싸울 때는 세상 누구보다 쌈닭 기질을 발휘하는 나였지만, 남을 이기는 데는 별 취미가 없었다. 나는 나를 뛰어넘을 때 희열을 느꼈고, '남이 잘하는 것'이 아니라 '내가 잘하고 싶은 것'을 해낼 때 만족하는 사람이었다. 그래서 초점을 다시 '나'로 돌려야만 했다.

자, 그럼 이제 무엇을 해야 할까?

컴퍼트존과의 작별,
새로운 나와의 만남

나의 성장에 지대한 영향을 끼친 지난 십 년 중 가장 강렬했던 시간은 독일에서 유학하며 보낸 일 년이다. 컬럼비아대학교 3학년 때, 나는 교환학생으로 베를린에서 지냈다. 독일 유학을 결정하게 된 계기는 한 줄로 정리된다.

꿈에 그리던 컬럼비아대학교 입학 후 불과 일 년 만에 느낀 불만족.

그렇다. 대학 생활에서 접한 문제에 대한 나의 해결책은 독일 유학이었던 것이다. 그리고 이는 컴퍼트존(comfort zone)에서 벗어나기 위한 시도이기도 했다. 컴퍼트존은 '안전지대'를 뜻하는 심리학 용어로, 위키백과에는 '어떠한 사물이 사람에게 친근한 느낌을 주는 심리적 상태'라고 풀이돼 있다. 컴퍼트존에 있을 때는 걱정과 스트레스의 수준이 낮고 환경을 통제할 수 있지만, 컴퍼트존을 벗어나면 불안감이 생기고 스트레스 반응이 일어나는 경우가 많다고 한다. 이 설명까지만 보면 컴퍼트존은 무척 좋은 것이라 생각될 수 있는데, 영국 학자 알래스데어 화이트(Alasdair A. K. White)는 어느 정도의 스트레스는 집중력을 높여 일의 효율을 향상시킨다고 강조한다. 즉 안전하고 친근해 그다지 스트레스를 느끼지 않는 컴퍼트존은 큰 변화를 경험하거나 배움을 얻기엔 좋은 환경이 아니라는 것이다.

'우물 안 개구리'에 관한 이야기를 많이들 들어 봤을 텐데, 편안하고 안전한 공간인 '우물 안'은 개구리의 컴퍼트존이다. 개구리는 우물 안 생활에 나름 만족하면서도 우물 밖 세상에 대한 호기심을 참지 못하는데, 지금 생각해 보면 고등학교 때의 나는 우물 안 개구리와 비슷했던 것 같다. 사람들은 내가 우물 안에서 가장 높이 뛸 수 있다고 칭찬했지만, 나는 높이 뛰는 것을 넘어 훨훨 날았을 때 어떤 기분일지 알고 싶었다. 우물 밖의 생물들, 사슴은 왜 뿔이 있고, 까마귀는 왜 깃털이 까만지도 궁금했다. 뉴욕의 대학에 지원한 것은 좋은 대학을 가겠다는 목표와 더불어 우물, 즉 컴퍼트존을 벗어나려는 나름의 시도였던 것이다.

그렇게 인구 5만여 명의 도시(트로이)에서 인구 800만여 명의 도시(뉴욕)로 이동해 왔다. 나름 컴퍼트존을 탈출했던 것인데, 왜 뉴욕조차 컴퍼트존이라 여기며 또다시 독일행을 택한 걸까? 물론 대학 생활 일 년 만에 찾아온 불만족이 주요 원인이지만, 이뿐 아니라 몇 가지 이유들이 더 있으며 그와 관련해서는 좀 긴 설명이 필요하다.

♦♦♦

컴퍼트존은 언어와 밀접한 관련이 있다. 인간은 사회적으로 소통하는 동물이기에, 언어는 우리의 활동과 경험 세계에서 결코 빠질 수 없는 요소다. 한형조 교수는 『붓다의 치명적 농담』에서 언어는 '익숙한 세계를 타파하기 위해' 필요한 것이며, '번역은 문명사적 교류와 창조의 과정에서 넘지 않으면 안 될 산'이라고 표현했다. 익숙한 컴퍼트존을 이루는 요소 중 하나로 언어의 장벽을 꼽을 수 있는 셈이다.

대학교 친구들 중 다국어를 유창하게 구사하는 친구들이 여럿 있었다. 프랑스인 아버지와 중국인 어머니 사이에서 태어나 불어, 중국어, 영어로 소통하는 친구, 부모님의 직업 때문에 포르투갈, 홍콩, 나미비아를 옮겨 다닌 덕에 여러 언어를 쓰는 친구 등등. 그들의 언어능력도 부러웠지만, 무엇보다 탐났던 것은 그들이 가진 선택의 폭이었다. 다양한 언어를 넘나든다는 것은 곧 다양한 국가를 넘나들 수 있다는 의미고, 이는 곧 다양한 사람과 문화를 접할 기회가 많다는 뜻이다. 친구들의 그 기회가 부럽고 샘이 났다. 나의 컴퍼트존, 다시 말해 한국어와 영어의 울타리 밖에 어떤 세상이 있을지 궁금했다.

언어의 컴퍼트존을 벗어날 기회는 오래지 않아 찾아왔다. 컬럼비아대 학부 필수 교양과목에는 외국어가 포함돼 있는데, 중급-2(중상급) 레벨을 통과해야 졸업이 가능하다. 1학년 1학기 때 초급-1 레벨부터 수강하면, 보통 2학년을 마칠 무렵 중급-2 레벨에 도달하곤 한다. 한국 유학생 중에는 한국어를 외국어로 선택해 졸업 요건을 쉽게 갖추는 경우도 있지만, 나는 제3외국어를 제대로 배워 보고 싶었다. 어떤 언어를 택할까 고민하면서, 과거에 외국어를 배운 경험을 되돌아봤다.

중학교 때는 한문을 열심히 공부했는데, 덕분에 한자능력검정시험 4급을 취득했다. 한문은 한글 어휘력을 향상시키는 데는 도움이 되지만, 실생활 활용도는 낮다. 듣고 말하는 소통에는 별 도움이 되지 않는 것이다. 고등학교 때는 대학 입시 준비에 도움이 된다는 이유로 라틴어를 배웠다. 동아시아권에서 위상이 큰 한문처럼, 고대 로마 서부와 그 주변에서 쓰였던 라틴어는 유럽권에서 위상이 높다. 하지만 라틴어는 사어, 다시 말해 죽은 언어로, 읽고 쓰는 데만 사용될 뿐 듣고 말하는 데는 사용되지 않는다. 라틴어를 배우는 학생들 사이에서는 이런 시가 농담으로 오가기도 한다.

Latin is a dead language(라틴어는 죽은 언어).

Dead as dead can be(죽을 수 있는 한 다 죽은 언어).

First it killed the Romans(과거에는 로마인들을 죽이고).

Now it's killing me(이제는 나를 죽이네).

중·고등학교 때 실생활 활용도가 낮은 한문과 라틴어를 배워서인지, 대학교 때는 살아 숨 쉬는 언어를 배우고 싶었다. 선택의 폭을 줄이는 과정에서 자연스럽게 근래에 다닌 해외여행을 돌아봤다. 당시(2011년) 기준, 가장 최근에 해외를 방문한 건 2004년 부모님과 함께한 유럽 여행이었다. 아시아권의 한국어와 영미권의 영어에 새롭게 추가하는 제3외국어로 유럽권 언어가 적합하다고 느꼈고, 방문 경험과 간략한 조사를 토대로 체코, 스위스, 프랑스, 독일을 후보에 올렸다. 그리고 각 국가의 인구수와 사용되는 언어, 전 세계에서 그 언어를 사용하는 사람들의 수 등 수치적인 부분을 정리한 뒤 각 언어가 나에게 얼마나 생소한지, 나의 호기심과 궁금증을 얼마나 자극하는지 하나씩 따져 봤다.

우선 체코에 대해서는 아는 게 거의 없었고, 대학 동기 중 체코에서 온 친구가 한 명도 없었기에 새로웠다. 완전한 미지의 세계! 하지만 『참을 수 없는 존재의 가벼움』 외에는 체코어로 접하고 싶은 책이 떠오르지 않았다. 또 체코어를 사용하는 사람들 대부분은 체코에 살기 때문에, 체코어를 배운다고 하더라도 사용할 기회가 적었다. 과감히 패스!

다음으로 스위스는 정치적으로 중립적인 탓인지 두 언어가 공존한다. 프랑스와 가까운 지역은 불어, 독일과 가까운 지역은 독어를 사용한다. 그래서 자연스럽게 불어와 독어 중 하나를 고려하게 되었다. 프랑스와 독일, 두 나라의 문화는 익숙하긴 하지만 정확히 아는 것은 많지 않았다. 철저히 언어에 초점을 맞춰 두 언어의 매력도를 비교해 보고자 불어와 독어가 풍기는 분위기를 떠올려 봤다.

불어의 경우 특유의 콧소리, 프랑스 하면 연상되는 아름다움, 품위, 우아함, 도도함, 낭만 등이 그려졌다. 그런데 이 모두가 나와는 거리가 멀게 느껴졌다. 반면에 독어는 특유의 침 뱉는 듯한 소리, 독일 하면 연상되는 견고함, 거칢, 매서움, 논리, 정교함 등이 떠올랐는데, 이 모든 것이 매력적으로 다가왔다. 이렇게 다분히 주관적이고, 돌아보니 우습기까지 한 이유로 독어를 배우기로 결정했고, 2012년 1월 언어의 컴퍼트존을 벗어나려는 도전이 시작됐다.

◆◆◆

첫 독어 수업, 그러니까 언어의 컴퍼트존을 벗어나 미지의 세계로 입장하는 경험은 신기하고 신비로웠다. 컬럼비아대의 모든 외국어 수업은 영어 사용이 일절 금지다. 초급-1 레벨의 수업도 예외가 아니기에, 교수님은 본인을 독어로 소개하며 수업을 시작했다.

"Hallo, Guten Tag. Ich heiße Benny(안녕, 여러분. 제 이름은 베니입니다)."

그리고 학생들에게 바로 질문을 던졌다.

"Wie heißt du(이름이 뭐죠)?"

물론 대답한 학생은 거의 없었다. 듣고 이해할 수도, 편하게 말할 수도 없는 상황에서 말을 처음 배우는 아이가 된 기분이 들었는데, 그게 나쁘지 않았다. 물론 힘들기도 했다. 독어는 배우기 쉬운 언어가 결코 아니기 때문이다. 모든 명사에 성별(남성, 여성, 중성)이 있고, 주격, 소유격, 목적격에 따라 명사의 끝이 바뀐다. 또한 어미 변화가 굉장히 많은데, 관사, 동사, 형용사에서 성별, 개수, 격에 따라 어미가 다르다. 격식 있는 관계에서 사용되는 존칭과 반말과 같은 개념인 친칭도 있다.

예전에 친구가 보내 준 유튜브 영상이 떠오른다. 동일한 뜻의 단어가 영어, 불어, 이태리어, 스페인어, 독어에 따라 얼마나 다르게 필기되고 발음되는지 보여 주는 영상이었는데, 몇 가지 예만 정리해 보면 이렇다.

영어	science	sex	ambulance
불어	science	sexe	ambulance
이태리어	sciènza	sèsso	ambulanza
스페인어	ciencia	sexo	ambulancia
독어	Naturwissenschaft	Geschlechtsverkehr	Krankenwagen

보다시피 독어 홀로 특수한 경우가 많다. 독어는 길고 발음이 특이한 단어가 많은데, 그중 특히 악명이 높은 단어가 있다. Grundstücksverkehrsgenehmigungszuständigkeitsübertragungsverordnung. 눈을 감고 키보드 아무 곳이나 마구 누른 것이 아니다. 이 놀랍도록 긴 단어의 뜻은 '부동산 이동 허가 책임 양도 조

례'다. 'Grundstück(부동산)-Verkehr(이동)-Genehmigung(허가)-Zuständigkeit(책임)-Übertragung(양도)-Verordnung(조례)'라는 여섯 단어가 혼합돼 만들어진 것으로, 각 단어의 뜻을 알아야 이해가 가능한 복합어다.

이처럼 독어는 복잡하긴 하지만, 체계적이어서 재미있었다. 복잡하고 체계적인 문법, 논리적으로 설계된 단어들을 배울 때마다 희열을 느꼈다. 무엇보다 새로운 언어를 배워, 읽고 말하고 쓰고 듣는 것은 내게 성취감과 즐거움을 안겨 주었다. 새로운 세계가 눈앞에 펼쳐져 있고, 그 세계로 입장하기 위한 티켓을 손에 쥐고 있는 듯한 기분이 들었다. 이 즐거움을 증폭하고 싶었다. 진정한 미지의 세계로 보다 본격적인 탐험을 떠나고 싶었다.

'독일에서 직접 독어를 사용하며 살아 보면 어떨까?'

상상만으로도 두근대고 흥미진진했다. 다행히 상상을 현실로 만들 방법도 있었다. 컬럼비아대학교가 베를린자유대학교와 진행하는 교환학생 프로그램이었다.

◆◆◆

베를린 교환학생 프로그램을 신청한 이유가 단순히 언어에 대한 관심 하나 때문은 아니었다. 그보다 더 중요한 역할을 한 건 학부 전공이었다. 대학 입학 당시 나는 미술사나 역사를 전공할 생각이었다. 하지만 1학년 때 호기심에 수강한 역사철학(philosophy of history) 수업이 모든 걸 바꿔 놓았다. 내가 이제껏 이해하던 역사라는 학문을 해체시켜, 새로운 시선을 제시하는 철학적 접근법에 푹 빠져 버렸던 것이다.

철학 하면 또 독일이 아닌가! 낮잠은 스페인에서 자고, 바게트는 프랑스에서 먹어야 할 것 같은 기분이 들 듯이, 철학적인 사색은 독일에서 해야 할 것만 같았다. 현지에서 독어 능력을 향상시키는 동시에 철학의 중심지에서 전공 분야를 깊이 공부하는, 두 마리 토끼를 잡고 싶었다.

그러니까 트로이의 고등학교라는 컴퍼트존을 떠나 뉴욕의 대학교에 왔던 내가 그곳을 또다시 컴퍼트존이라 여겼던 이유는 이렇다. 서울에서 미국 트로이로, 또 트로이에서 뉴욕으로 '물리적 장소'만 옮겨 다녔을 뿐, '정신적 장소'는 계속 그대로였기 때문이다. 앞서 말했듯 나는 '내게 좋은 대학'이 무엇인지에 대한 고민 없이, 그저 '남들이 좋다는 대학'을 좋은 대학이라 여기며 그 목표를 향해 달렸다. 열심히 노력한 덕분에 목표를 이루긴 했지만, 나는 감히 엄두도 낼 수 없을 만큼 뛰어난 친구들을 만나고 나니 혼란이 찾아왔다.

'아니, 이 친구들은 어디서 어떻게 살았기에 이렇게 넓고 다양한 지식을 갖고 있는 거지? 그동안 살아온 세상이 달라서라면, 앞으로 내가 살아갈 세상을 바꾸면 되는 걸까? 그걸 내가 바꿀 수 있나? 나는 어떤 세상을 살고 싶은 거지?'

물론 독어를 배우면서 내가 살고 싶은 세상을 알게 된 건 아니다. 하지만 적어도 나를 긴장시키는 언어, 제대로 깊이 배워 보

27

고 싶은 분야를 만나게 됐다. 고등학교 때까지는 나와 싸워 가며 성장했다면, 이제는 나를 자극하는 것, 나를 궁금하게 만드는 것, 나를 공부하게 하는 것 등을 알아 가면서 성장해 보고 싶다는 생각이 들었다. 그리고 내게 아직 편하지 않은 언어를 사용하고, 내가 한 번도 생활한 적 없는 곳에서 살아 보며, 나의 두뇌가 겪어 보지 않은 새로운 시선으로 공부하는 것이야말로 새로운 나를 만날 기회라고 생각했다.

그렇게 2013년 6월 28일, 잔뜩 기대에 부푼 표정으로 베를린행 비행기에 오르는 나의 모습은, 마치 하얀 원피스를 입고 꽃이 만발한 들판으로 소풍을 가는 아이와 같았다.

문화 충격

어느덧 일 년여의 시간이 훌쩍 지나, 2014년 9월 2일. 교환학생을 마치고 베를린을 떠나 뉴욕으로 향할 때의 내 행색은 소풍을 다녀온 모습과는 거리가 멀었다. 아마 모르는 사람이 봤다면, 진흙탕과 화염을 뚫고 시속 100킬로미터로 달린 롤러코스터에서 막 내린 사람이라고 생각할 수 있을 정도였다. 나는 잔뜩 흐트러진 머리에 여기저기 찢어진 시커먼 원피스를 입고 신발을 한 짝만 신은 채 뉴욕 JFK공항에 도착했다(실제로 행색이 그랬던 것은 아니고, 그만큼 많은 변화를 겪은 후 뉴욕으로 돌아왔다는 뜻이다).

　2014년 다시 돌아온 뉴욕은 예전 같지 않았다. 미국의 문화와 생활 등 많은 것이 불편하게 느껴졌다. 뉴욕에 도착하고 나니 새삼 베를린에서의 일 년간 내가 얼마나 많이 변했는지 절실히 느낄 수 있었다. 베를린에서의 생활을 한마디로 정의하자면, '문화 충격'이었다. 문화 충격이란 한 나라의 문화권에 속한 사람이 다른 나라의 새로운 문화를 접했을 때, 두 나라의 문화적 차이로 인해 받는 충격을 말한다. 뉴욕과 베를린은 지리적 차이를 넘어서 생활 습관, 사고방식, 그리고 가치관 체계가 달랐다. 그야말로 모든 것이 다르고 놀랍고 새로웠다.

그렇게 문화 충격에 휩싸여 일 년을 보내고 뉴욕으로 돌아와서는 또 한 번 문화 충격을 받았다. 고작 일 년 만에 다시 접한 미국의 문화가 너무도 불편했기 때문이다. 고등학교와 대학교를 다니며 미국에서 보낸 육 년을 독일에서 지낸 일 년이 압도해 버린 것이다. 나는 독일 생활 동안 흡수한 태도, 습관, 선택들을 뉴욕에서도 그대로 실천할 수 있을 거라 기대했는데 현실은 그렇지 못했고, 그것 역시 일종의 문화 충격으로 다가왔다. 역(逆)-문화 충격이라고도 할 수 있겠다.

대체 베를린과 뉴욕은 뭐가 그렇게 달랐던 걸까? 이 두 곳에서의 내 경험에는 어떤 차이가 있었던 걸까? 곰곰이 생각해 보니 그 차이는 크게 여덟 가지로 정리되었다. 사람, 공간, 소통, 교통, 음식, 미의식, 환경 의식, 그리고 교육이 그것이다. 이 여덟 가지가 어떻게, 얼마나 달랐기에 문화 충격을 한 번도 아니고 두 번이나 받게 된 것인지, 그 이야기를 풀어 보려고 한다.

#1. 사람:
꿈과 돈 없이도 재미있게 살 수 있다니!

컬럼비아대에서 함께 시간을 보낸 친구들은 대부분 학구열, 성취욕 등 각종 열망으로 가득 차 있었고, 그만큼 뚜렷한 목표하에 전략적으로 시간을 소비하곤 했다. 시험 기간에는 이십사 시간 운영되는 도서관에서 공부하고, 방학 때는 한숨 돌릴 틈도 없이 인턴기회를 적극적으로 모색하는 사람들이 많았다. 대학 졸업 이후에도 마찬가지다. 취업, 승진 등의 목표를 세우고 이를 성취하기 위해 노력하는 모습을 주변에서 흔히 볼 수 있었다.

베를린에서 만난 친구들은 많이 달랐다. 우선 학생이 없었다. 신기하게도 내가 만나게 된 모든 사람은 이미 대학교를 졸업했거나, 다니다 중퇴했거나, 아예 대학에 진학하지 않은 사람들이었다. 교환학생 기간 동안 친하게 지냈던 소피(Sophie)의 경우 런던의 센트럴 세인트 마틴스를 중퇴하고, 베를린에서 사진작가로 활동하며 독어를 배우는 친구였다. 컬럼비아대에서 친했던 조지핀(Josephine)을 통해 소피를 소개받았는데, 잘 맞는 구석이 많아서 베를린에서 자주 어울렸던 친구 중 한 명이다.

조지핀의 소개로 만난 소피, 그리고 소피를 통해 알게 된 친구들, 그 친구들의 친구들, 또 그 친구들의 친구들의 친구들… 수없이 많은 다리를 건너 정말이지 수많은 친구들을 만나게 됐다. 독일 현지인을 포함해 영국, 프랑스, 네덜란드, 덴마크, 터키 등 세계 각지에서 온 사람들이었고, 이들의 나이는 이십 대 초반에서 삼십 대 중반까지 널리 분포돼 있었다. 직업 역시 사진작가, 바텐더, 바리스타, 영어 교사, 식당 웨이터, 소프트웨어 엔지니어, 옷가게 직원 등으로 각양각색이었다.

국적도 나이도 직업도 다양하다 보니, 확실히 컬럼비아대에서 함께했던 친구들과는 여러모로 다를 수밖에 없었다. 살아온 배경도 달랐고, 지금 자리한 인생의 단계도 달랐다. 하지만 가장 큰 차이점은 꿈의 유무였다. 목표 지향적이었던 컬럼비아대 친구들과 달리, 베를린의 친구들은 누구 하나 별다른 꿈이 없었다. '명문대에서 석사 과정을 밟겠다.', '안정적이고 연봉이 높은 대기업에 취직하겠다.', '내 사업을 시작해 성공시키겠다.' 같은 구체적인 목표나 원대한 포부는 그 어디서도, 그 누구에게서도 들을 수 없었다.

이들에게 직업이란 스트레스를 주지 않으면서 적당한 생활비를 마련해 주는 수단일 뿐이었다. 그러니 성과를 위해 야근을 하거나, 승진을 위해 자기 계발을 하는 일 같은 건 없었다. 웨이터인 친구는 오전 10시부터 오후 4시까지 식당에서 일하고 나면, 남은 시간은 늘 친구들과 길에 앉아 맥주를 마시면서 보내곤 했다. 그 친구만 그런 것이 아니라. 다른 친구들의 일상도 비슷했다.

꿈도, 목표도 없이 살다니 게으르고 나태한 사람들이라고 생각할 수도 있지만, 나는 그들을 '미래' 대신 '현재'에, '꿈' 대신 '현실'에 집중하고 살아가는 사람들이라고 표현하고 싶다. 실제로 내가 만나 본 그들은 아직 오지 않은 내일보다는 지금 주어진 오늘의 행복과 즐거움에 몰두했다. 그렇다고 오늘 하루만 사는 사람들처럼 흥청망청 소비하며 아무렇게나 시간을 보낸 것은 아니다. 그들은 시간이든 돈이든 자신에게 주어진 것, 자신이 가진 것을 소중히 여기고 아끼며 현명하게 소비할 줄 알았다.

거대한 꿈 없이 검소하게 산다는 것은 미래나 돈에 묶여서 살지 않는다는 뜻. 그 어디에도 속박되지 않고 자유롭게 살아가는 그들은, 그 덕분인지 정말 재미있게 잘 놀았다. 실제로 베를린은 다 큰 어른이 가장 재미있게 놀 수 있는 도시이고, 베를린 사람들은 향락의 방법과 수단에 있어 전문가들이다. 베를린의 친구들은 늘 하루하루 최선을 다해 놀았고, 이보다 더 즐거울 수 없을 만큼 매일을 행복해했다. 꿈과 돈 없이도 이토록 즐겁고 재미있게 살 수 있다니! 꿈을 향해 질주하는 삶만이 보람차고 의미 있다고 여겼던 나로서는 충격일 수밖에 없었고, 이것이 내가 받은 첫 번째 문화 충격이었다.

#2. 공간:
경계 없는 어른들의 놀이터

베를린의 '향락 전문가들'이 혈기 왕성하게 활동할 수 있었던 이유 중 하나는 특수한 환경과 공간이 뒷받침해 줬기 때문이다. 지금은 상황이 좀 다르지만, 내가 교환학생으로 갔던 2013년의 베를린에는 서울과 뉴욕에서는 듣도 보도 못한 공간이 많았다.

예를 들자면 독어 특유의 복합어를 연상시키는 복합 공간이 많았는데, 그곳을 한마디로 표현하자면 '거대한 거실'이라고 할 수 있다. 집에서 거실은 가족들이 모두 사용하는 공용 공간이다. 우리는 그곳에서 밥을 먹기도 하고, 티브이를 보기도 하고, 책을 읽거나 숙제를 하기도 한다. 즉 거실은 특별한 용도가 정해져 있다기보다 누가, 언제, 어떻게 사용하느냐에 따라 개념이 달라지고 확장되는 '열린 공간'이다. 베를린에는 이런 거실 같은 가게들이 많았는데, 그곳은 낮에는 카페가 되고 저녁에는 바가 되었으며, 경우에 따라 미술 작품 전시장이 되거나 디제이의 공연장이 되기도 했다.

낮 동안 커피를 마시면서 책상 위에 랩톱을 올려놓고 일하던 사람이 떠나고 나면, 어둑어둑한 저녁에 들어선 사람들이 술을 마시며 춤을 추는 공간. 어떤 경계도 없고 무엇으로도 정의되지 않는, 어른들의 놀이터! 이제는 서울과 뉴욕에도 재미있는 복합 문화 공간이 많이 생겼지만, 내가 베를린에 있었던 2013년에는 굉장히 생소한 개념이었기 때문에 신선한 충격을 받았다. 그중 집 근처에 있어 자주 찾았던 두 곳을 소개하고 싶다.

첫 번째 장소는 집에서 도보로 이 분 거리에 있던 '안 아이넘 손타크 임 아우구스트(An einem Sonntag im August)'라는 가게다. 영어로는 'On a Sunday in August', 한국어로는 '8월의 어느 일요일에'라는 뜻이다. 왜 하필 8월의 일요일일까? 베를린의 위도는 52.3도로, 37.5도인 서울이나 40.7도인 뉴욕보다 높다. 여름에는 낮이 길고 겨울에는 밤이 긴 것은 서울과 똑같지만, 그 시간이 서울보다 긴 편이다. 특히 8월에는 해가 저녁 8~9시에야 저물었다가 새벽 일찍 떠오르기 때문에, 여름밤에 술을 마시며 이야기를 나누다 보면 네 번째 진토닉 잔을 비울 때쯤 날이 밝아 올 정도다. 그리고 일요일은 일주일 중 유일하게 어젠다가 없는 날이며, 나른하게 시간을 소비할 당위성이 주어지는 날이다. 실제로 이 카페 겸 바는 이름 그대로 밤 9시까지 따스한 햇살이 느껴지는 8월의 어느 나른한 일요일을 연상케 한다.

이곳은 주중에는 오전 9시부터 새벽 2시까지, 주말에는 오전 9시부터 새벽 4시까지 영업하는데 브런치 뷔페부터 디저트, 샌드위치, 버거, 맥주, 와인, 칵테일 등을 다양하게 즐길 수 있다. 인테리어도 '거대한 거실'답다. 가게 문을 열고 들어가면 할머니 집 거실에 있을 법한, 낡았지만 아주 푹신한 소파들이 손님들을 환영하고, 바깥 테라스 구역에는 흔들의자가 가만가만 앞뒤를 오가고 있다. 아침 식사를 하러 온 노부부 옆에서 젊은 여성이 홀로 와인을 마시며 책을 읽는 모습은, 8월의 어느 일요일 오후, 별다른 목표나 계획 없이 뒹구는 거실의 풍경 그대로다.

두 번째 장소의 이름은 '마인 하우스 암 시(Mein Haus am See)'. 영어로는 'My house at the lake'로, '호숫가에 있는 나의 집'으로 풀이할 수 있다. 원래는 책방으로 운영되던 곳인데, 당시에는 카페, 바, 전시 공간, 클럽 등으로 활용되고 있었다. 역시나 분명하게 정체를 규정할 수 없는 거대한 거실 같은 공간이다. 웹 사이트에 적힌 소개 글만 봐도 그렇다.

"Not a bar, not a club, something sexier in between(술집도 클럽도 아닌, 그 사이의 뭔가 더 섹시한 게 있는 곳)."

높이 4.5미터, 면적 210제곱미터의 거대한 공간 안쪽에는, 하나당 높이가 50센티미터쯤 돼 보이는 계단이 있다. 이 거대한 계단에 놓인 푹신한 쿠션 위에 앉아 가게 안팎의 사람들과 창밖 도시 풍경을 바라보다 보면, 호숫가에 앉아 자연을 감상할 때와 다르지 않은 여유로움이 밀려온다. 이름 그대로 '나의 집' 같은 편

↑ An einem Sonntag im August
↓ Mein Haus am See

안함에 하루 종일 죽치고 앉아 있게 되는 마성의 공간인데, 심지어 매일 이십사 시간 운영되기 때문에 마음만 먹으면 정말 '하루 종일' 있는 것이 가능하다.

◆◆◆

카페, 바, 클럽의 경계가 희미한 공간이 많은 베를린이지만, 오직 춤을 추기 위한 클럽도 존재한다. 베를린 생활 이전에 뉴욕과 서울에서 접한 '클럽 가자'라는 말은 대부분 두 가지 의미를 담고 있었다. '술 마시며 취한 상태로 음악에 맞춰 함께 춤을 추자'와 '결혼할 상대는 아니겠지만 오늘 밤을 같이 즐길 만한 상대를 찾아보자'. 그리고 전자의 경우든 후자의 경우든, 어떤 음악이 나를 기다리고 있을지, 오늘 밤을 어떻게 신나게 놀지보다 옷과 신발 등 차림에 신경을 쓰는 사람이 많았다. 나도 그런 편이었다.

　　반면 베를린에서의 '클럽 가자.'는 '술 마시며 취한 상태로 음악에 맞춰 각자 흠뻑 즐기자.'에 가까웠고, 다들 편한 옷과 신발을 선호했다. 심지어 전문 운동복을 입고 운동화를 신은 사람도 쉽게 볼 수 있었다. 오로지 내가 얼마나 정신을 놓고 신나게 놀 수 있느냐가 가장 중요하기 때문에, 남에게 어떻게 보일지는 신경 쓰지 않는 것이다. 춤의, 춤에 의한, 춤을 위한 공간과 문화! 역시나 새로울 수밖에 없었다. 그중 내가 즐겨 방문하던 두 곳이 있는데, 베르크하인(Berghain)과 시시포스(Sisyphos)라는 클럽이다.

　　베르크하인은 전 세계적으로 유명한 전설적인 테크노 클럽으로, 베를린 관광 버킷 리스트에서 빠지지 않는 곳이다. 클럽 건물은 과거 스웨덴 전력 공사 바텐팔(Vattenfall)의 발전소였는데, 외진 곳에 덩그러니 놓여 있는 18미터 높이의 콘크리트 덩어리를 처음 접하면 당혹감을 느끼기 쉽다. 내부 역시 옛 발전소 모습 그대로 강철과 콘크리트로 이루어져 있다. 흔히 클럽 하면 떠올리는 화려하고 세련된 인테리어와는 거리가 멀지만, 오히려 날것 그대로의 원시성이 사람들의 원초적인 욕구를 자극하는 것 같다.

이곳에서는 남녀노소 가리지 않고 모두가 춤에 빠져든다. 나는 옷을 벗은 채 땀에 흠뻑 젖어 춤추는 (아저씨와 할아버지의 경계에 있는 듯한) 중년 남성을 본 적도 있고, 휠체어를 탄 채 누구보다 열정적으로 비트에 맞춰 춤추던 사람도 만났다. 직업, 나이, 신체적 조건, 그 어느 것도 베르크하인에선 의미가 없으며, 사람들은 모든 것을 내려놓은 채 오직 춤에만 집중한다. 클럽 그 어디에도 거울이 없고 내부에서 사진을 찍으면 즉시 퇴장당하는데, 이역시 '춤에의 집중'을 위한 규정이 아닐까 싶다.

베를린에서 대중문화를 대표하는 음악은 단조로운 테크노인데, 베르크하인은 '테크노의 교회'라고도 불린다. 방문하기에 가장 좋은 날이 일요일이기 때문이기도 하고(이곳은 금요일 밤 12시부터 월요일 오전 8시까지 멈추지 않고 운영되는데, 금요일부터 토요일까지 가장 많은 사람들이 찾기 때문에 일요일이 제일 한산하다.), 높고 웅장한 건물이 교회를 연상시키기 때문이기도 하며, 그야말로 테크노를 '숭배'하는 사람들이 모여들기 때문이기도 하다. 베르크하인은 지옥에서 들릴 법한 잔혹한 테크노와 이를 강건하게 전달하는 펑션원(Funktion One) 스피커로 유명하다. 그리고 무엇보다 까다로운 입장 규정으로 유명세를 떨치고 있다. 소위 '빠꾸'를 당하는 사람이 많다는 뜻이다. 구글에 베르크하인을 검색하면 대부분의 링크는 '베르크하인에 입장하는 법(How to get into Berghain)'에 관련된 것으로, 상통되는 몇 가지 규칙은 다음과 같다.

'세 명 이상 입장하려고 하지 말 것(혼자 가면 빠꾸당할 가능성이 낮다)', '기다리면서 절대 스마트폰을 꺼내지 말 것', '대기 중 큰 소리로 떠들지 말 것(말하는 것을 최소화할 것)', '관광객인 티를 내지 말 것(영어로 떠들지 말 것)'.

심지어 빠꾸당할까 봐 걱정하는 사람들을 위한 앱도 있다고 하는데, 이런 사실들을 잘 몰랐던 나는 2013년 12월 8일 처음 입장을 시도했다가 보기 좋게 빠꾸를 당했다. 친구 두 명과 함께 간 데다가 줄을 선 채 영어로 수다를 떨었으니 당연한 일이었다. 만반의 준비(또한 그 어떠한 준비도 하지 않고)를 거쳐 12월 20일에 다시 방문했을 때는, '테크노의 교회'가 아니라 진짜 교회라도 찾은 듯 엄숙한 표정으로 아무 말도 하지 않은 채 경건하게 서 있었는데 그 덕분인지 무사히 통과가 되었다.

이후 베르크하인에 푹 빠진 나는 2014년 봄과 여름, 매주 일요일마다 클럽을 방문했다. 해가 쨍쨍한 일요일 오후 6시 자전거를 탄 채 혼자 베르크하인으로 갔다. 건물 앞에 자전거를 세워두고 클럽 안으로 들어가면, 그 즉시 눈부신 햇빛이 어둠으로 바꿔면서 '순간 이동'으로 다른 세계에 온 듯한 기분을 느꼈다. 현세를 잊고 춤을 추다 보면, 슬슬 다리가 아파 오고 그러다 참을 수 없을 만큼 배가 고파 퇴장하면 월요일 아침이었다.

베르크하인이 어두운 테크노의 교회라면, 시시포스는 디즈니랜드 혹은 앨리스의 이상한 나라와 같다. 원래 개 사료 공장이었던 이곳은 클럽, 해변가, 바, 놀이공원을 모두 합쳐 놓은 듯한 신비로운 곳이다. 야외 공간에는 작은 호수가 있는데, 그 근처의 버려진 버스 위에서 색종이 조각을 던지며 춤추는 사람도 있다. 검은 가죽으로 뒤덮거나 나체로 다니는 사람이 많은 베르크하인과는 달리, 다채로운 색감과 코스튬을 볼 수 있는 곳이다.

하지만 시시포스 역시 거울은 없고, 베르크하인과 마찬가지로 철저히 춤을 위한 공간이다. 일례로 2014년 새해를 맞이하여 시시포스는 금요일 밤 12시부터 수요일 오전 10시까지 마라톤 파티를 진행했다. 무려 106시간 동안 쉴 새 없이 음악에 맞춰 춤을 춘 사람들이 있다는 뜻이다. 정말 놀랍지 않은가!

이 두 곳 외의 다른 클럽들도 공간을 창의적으로 재활용한 편이다. 현재는 운영을 종료한 슈타트바트(Stattbad)는 수영장을 클럽으로 만든 곳이고, 카터 홀치히(Kater Holzig)는 비누 제조 공장, 샬레(Chalet)는 150년 된 오래된 주택을 클럽으로 만들었다. 또 다른 클럽 빌더 레나테(Wilde Renate)는 놀랍게도 내부에 미로가 있다. 많은 개조를 하지 않고 기존의 공간을 재미있게 재활용하는 것이 베를린 건물들의 특징인 듯하다.

♦♦♦

서울이나 뉴욕과는 달리 베를린은 금기시되는 것이 거의 없었다. 모든 것이 허용되는 곳이라 해도 과언이 아니었다. 이런 경우 질서가 무너지기 쉬운데, 자유에는 책임이 따른다는 사실을 모두 잘 알고 있어서인지 전혀 무질서하게 느껴지지 않았다. '아무 데'서나 술을 마실 수 있고, '아무 때'나 클럽에 갈 수 있지만, 질서를 깨트리는 '아무 짓'이나 하는 사람은 없었다. 실제로 베를린은 뉴욕보다 범죄율도 낮다. 무질서 속에 생기는 질서가 있다.

이렇게 일 년간 시간과 개념의 규제에서 벗어난 생활, 무질서 속의 질서를 경험했으니, 경계와 규칙이 분명한 미국을 다시 찾았을 때 역-문화 충격을 받을 수밖에 없었던 것이라는 생각이 든다.

#3. 소통:
멀어질수록 가까워지는 마법

과거 생활의 기본 요소는 의(衣), 식(食), 주(住)였지만, 현대 생활에 자리 잡은 주된 요소는 통(通), 전(錢), 주(住)가 아닐까 싶다. 우리는 이메일, 카톡, SNS를 통해 언제 어디서든 실시간으로 소통하고, 먹고 입고 이동하기 위해 비용을 지불하며, 집에서 휴식과 수면을 취하면서 하루 동안의 피로를 푼다.

2018년 영화배우 애덤 샌들러는 「폰, 월릿, 키(Phone, Wallet, Keys)」라는 곡을 발표했는데, 휴대폰, 지갑, 열쇠는 통, 전, 주의 대표적인 상징이기도 하다. 노래의 가사가 정말 재미있는데, 살짝만 맛보자면 이렇다. 애덤 샌들러는 집을 나설 때 휴대폰, 지갑, 열쇠만 있으면 될 줄 알았지만 막상 나가 보니 노트북, 아이패드, 선글라스뿐 아니라 심지어 이쑤시개까지 온갖 것이 필요했다고 한탄한다.

하지만 사실 우리가 집을 나설 때는 딱 한 가지만 있어도 무방하다. 바로 스마트폰이다. 이름 그대로 '스마트'하기 그지없는 이 물건만 있으면 사람들과의 소통도, 비용의 결제도 전부 가능하니 말이다. 어디 그뿐인가. 사진 촬영, 음악 감상, 쇼핑 등 생활에 필요한 거의 모든 것을 이 작은 기기 하나로 처리할 수 있다. 아마 지갑을 두고 나왔다고 해서 집에 돌아가는 사람은 많지 않겠지만, 스마트폰을 잊고 온 사실을 깨닫는다면 열에 아홉은 발걸음을 돌릴 것이다.

현대인의 필수품이자 신체 일부와도 같은 것, 아침에 눈을 뜨자마자 손에 쥐어서 잠들기 전까지 곁에 두는 것, 하지만 이 스마트폰의 역할과 가치가 놀랍게도 베를린에서는 통하지 않았다. 내 주변에는 전혀 스마트하지 않은 휴대폰을 사용하는 사람들이 많았고, 아예 휴대폰이 없는 친구들도 꽤 있었다.

베를린에서 가깝게 지냈던 해리(Harry)가 떠오른다. 해리는 휴대폰이 없었다. 그래서 그와 만나기로 할 때에는 정신을 바짝 차리고 대화에 집중하며 약속을 명확하게 해야 했다. 예를 들어 지하철역에서 보기로 한다면, 몇 가지를 정확히 정리할 필요가 있었다. 만약 약속 장소가 역의 출구라면, 어느 방향에 있는 출구인지 정해야 했다. 베를린 지하철역 출구는 우리처럼 숫자가 아니라 동서남북 또는 도로명으로 표시돼 있기 때문이다. 만약 플랫폼에서 볼 거라면, 대략적인 위치가 지하철의 앞인지 중앙인지 뒤인지도 미리 논의해야 했다. 지하철역에 따라 반대 방향으로 이동하는 지하철의 플랫폼이 먼 곳에 위치할 때도 있어서 친구의 출발지를 기준으로 방향을 따지고, 그 플랫폼으로 찾아가야 했기 때문이다. 현장에서 전화 통화로 서로의 위치를 확인할 수 없으니, 사전에 만날 장소를 분명하게 정하는 것이 중요했다.

재미있는 사실은 나는 해리와 만날 때 단 한 번도 늦은 적이 없다는 것이다. 휴대폰이 있는 친구에게는 교통 상황으로 인한 지각 등을 실시간으로 알릴 수 있지만, 해리에게는 연락할 방도가 없었다. 각자 집을 나서기 전까지는 페이스북 메시지로 소통이 가능했지만, 해리가 집에서 출발한 이후에는 연락이 불가능했다. 그래서 해리를 만날 때는 혹여나 내가 늦을 시 영문도 모르고 기다릴 그가 염려돼 평소보다 더욱 서둘러 집을 나서곤 했다.

휴대폰이 없는 사람과의 연락과 만남은 어떻게 보면 불편하고 번거로울 수도 있지만, 나에게는 '사람에 대한 존중'을 다시금 일깨운 경험이었다. 실시간 연락이 불가능한 친구와 만날 때마다 나는 혹시 그가 장소를 찾지 못해 고생하진 않을지 염려해 최대한 자세하게 설명했고, 만나서도 스마트폰을 꺼내 드는 일 없이 오직 상대방과의 대화에만 집중했다. 그러면서 자연스레 상대를 배려한다는 것, 그의 이야기를 경청한다는 것의 의미, 그리고 이를 통해 찾아오는 교감의 기쁨을 느낄 수 있었다.

여기에 더해 현재에 집중할 때 찾아오는 즐거움은 황홀할 정도였다. 휴대폰이 없는 친구와 함께할 때 나는, 카메라 대신 눈에 풍경을 담았다. 눈앞의 멋진 풍경을 두고도 스마트폰 카메라로

찍은 프레임에 갇힌 사진만 감상하던 내게, 그것은 현재를 온전히 느끼고 즐기는 새로운 경험이었다. 주변의 풍경, 친구의 이야기, 코를 파고드는 냄새… 나의 눈, 코, 입, 귀가 지금 이 순간에 집중하는 일은 놀랍도록 입체적이고 다채로운 경험의 집합이었다.

베를린에서 나도 약 한 달간 휴대폰 없이 생활한 적이 있다. 초반에는 약간의 불편함을 느낀 것도 사실이지만 이후에는 어디에도 구속되지 않는다는 자유로움이 불편함을 압도했다. 내가 잘 지내는지, 어디 아픈 곳은 없는지 궁금해하는 부모님을 생각해 결국 중고 아이폰을 구하긴 했지만, 한 달간의 자유로움을 경험한 뒤로는 스마트폰만 바라보는 생활에서 벗어나 약간의 거리를 두는 것이 가능했다. 물론 지금은 또다시 스마트폰에 매여 살고 있지만 말이다. 가끔은 그런 스스로에게 이런 이야기를 한다.

"The smarter your phone gets, the more stupid you become(당신의 휴대폰이 나날이 똑똑해질수록, 당신은 나날이 멍청해진다)."

휴대폰이 스마트해질수록 인간은 덜 스마트해진다는 이 말을 새기며, 스마트폰에 지나치게 의존하는 습관을 경계하고자 노력하는 것이다. 스마트폰을 사용하지 말자는 이야기는 아니다. 다만 스마트폰과 멀어질수록 가까워지는 것들, 사람과의 관계, 오감의 풍성한 경험, 자유로움의 세계가 있음을 잊지 말자는 것이다.

#4. 교통:
두 개의 바퀴가 알려 준 개척자 정신

스마트폰, 네트워크, 커뮤니케이션 플랫폼 등은 우리를 사회적, 그리고 정서적으로 연결해 주는 반면에, 자동차, 대중교통, 자전거, 전동 킥보드 등은 우리를 물리적으로 연결해 준다. 대부분은 시간과 편의의 문제로 자동차나 대중교통을 주 교통수단으로 선호하지만, 베를린에서는 달랐다.

전 국토의 70퍼센트 이상이 산지 면적인 한반도와 달리, 평지가 대부분인 지리적 환경 덕분에 유럽 지역에는 자전거 문화가 활성화돼 있다. 특히 베를린은 《내셔널 지오그래픽》과 디자인 회사 코펜하게나이즈(Copenhagenize)가 선정한 자전거를 타기에 좋은 도시 중 하나다. 참고로 2019년 6월에는 약 9만 명의 사이클리스트들이 베를린에 모여, 자동차 교통에만 집중된 도시 인프라의 변화를 기대하는 집회를 열었다고 한다. 전 세계에서 가장 큰 규모의 자전거 집회가 베를린에서 열린 것만 봐도, 자전거 도시로서 베를린의 위상을 잘 알 수 있다.

당연히 베를린은 자전거 교통 시스템이 잘 갖춰져 있다. 대부분의 차로 우측에는 자전거도로 공간이 안전하게 확보돼 있으며, 지켜야 할 질서도 명확한 편이다. 예를 들어 자전거로 좌회전이나 우회전을 하기 전에는, 손과 팔을 이용해 뒷사람에게 움직일 방향을 알린다. 자동차 운전자가 깜빡이를 켜듯이 말이다. 실제로 베를린에서 자전거는 하나의 교통수단으로 자동차와 같은 위상을 갖는다. 이에 자전거도로에서 걷거나 서 있는 사람은 차로에서와 동일한 경우로 여겨진다. 자전거도로를 침범한 보행자에게 고함을 치거나 심지어 그를 가방으로 때려도 무례한 일이 아니다. '교통사고'가 날 수 있는 상황이니 말이다.

나 역시 베를린에서는 자전거를 주 교통수단으로 이용했는데, 나와 자전거의 인연은 고마운 친구로부터 시작됐다. 당시에 친하게 지내던 친구 라미(Rami)의 고향 네덜란드는 독일보다 자전거 문화가 더 발달돼 있어, 한 사람당 평균 세 대의 자전거를 보유하고 있다고 했다. 그런 환경에서 자라서인지 라미는 자전거가 삶을 즐겁고 풍성하게 만드는 필수 수단이라고 생각했고, 나에게도 자전거를 장만하라고 적극 권유했다. 아마도 함께 자전거를 타고 다닐 동지가 생긴다는 사실에 잔뜩 신이 났는지, 나보다 더 적극적으로 중고 자전거를 검색하기도 했다. 그렇게 함께 찾아본 여러 옵션 중에서 유독 나에게 말을 걸던 자전거가 하나 있었다. 옛 동독에서 제조된 역사를 가진 자전거로, 디아만트(Diamant)라 적힌 갈색 빈티지 자전거였다.

이 자전거와 인연을 맺으면서 나의 일상은 여러모로 변화했다. 당시 나의 이동 반경은 보통 10킬로미터 내외였기에 사실상 어디든 자전거로 이동할 수 있었다. 그래서 자전거를 자주 이용했는데, 출발 전 목적지의 위치를 확인하고 눈과 몸으로 동선을 익히는 재미가 쏠쏠했다. 서울이나 뉴욕에서 대중교통이나 택시를 이용할 때는 전혀 신경 쓰지 않았던 동서남북을 고려하기 시작하면서 방향감각도 갖출 수 있었다. 운전자가 따로 있는 대중교통이나 택시를 이용할 때와는 달리 자발적이고 주체적인 이동이 가능했기에, 나의 길을 직접 개척해 나간다는 기분도 들었다. 내가 두 발을 움직인 만큼, 내 힘을 들인 만큼 이동 속도와 거리가 달라졌기에 목적지에 도착했을 때의 성취감도 남달랐다.

친구들과 함께 이동할 때도 자전거를 이용하면 훨씬 편리했다. 주변 친구들 대부분 자전거를 탔기에 한 파티에서 다음 파티로 옮겨 갈 때 다 같이 자전거로 이동했고, 덕분에 택시를 부르거나 목적지로 가는 대중교통을 검색해 보는 수고를 덜 수 있었다. 이렇듯 혼자서, 혹은 친구들과 함께 자전거로 이곳저곳을 누비고 다니다 보니 내가 살고 있는 도시가 눈에 들어오기 시작했다. 예전에는 스마트폰 지도 앱만을 바라보며 걸었지만, 이제는 도시 곳곳을 만끽하며 도로 위를 달렸다. 진정한 현지인이 되어 간다는 기분이 들었다.

무엇보다 자전거를 애용하면서 차, 자전거, 사람 등 도시에서 이동하는 다양한 주체들의 움직임과 지리에 집중할 수 있었고, 이로써 새로운 세계로 입장하는 기분을 얻었다. 이 새로운 세계가 내게 안겨 준 또 다른 선물은 자유와 해방이었다. 목적지에 도착해 자전거를 묶어 두면 온갖 염려와 걱정으로부터 해방될 수 있었던 것이다. 지하철이 끊기는 시간을 계속 체크하며 전전긍긍할 필요도 없었고, 비싼 택시비를 걱정하며 장거리 이동을 꺼릴 이유도 없었다. 자전거를 둔 위치만 기억하면 어떤 것도 문제되지 않았다. 아, 약간의 문제가 있긴 했다. 도시 곳곳에 자전거가 워낙 많고, 항상 다른 곳에 묶어 두다 보면 위치를 까먹을 때도 종종 있었던 것이다. 이를 방지하기 위해 자전거를 주차한 도로명을 기록해 놓곤 했다. 거대한 백화점 지하 주차장에 차를 대고 위치를 기억하는 것처럼 말이다.

자전거는 단순한 교통수단을 넘어 하나의 개척 수단으로 나에게 자유와 독립을 맛보게 해주었다. 두 개의 바퀴로 도시를 누빈 경험은 내가 인생에서의 새로운 길을 개척할 때마다 꾸준히 큰 힘이 되어 주고 있다.

#5. 음식:
채식의 성지에서 고기와 이별하다

베지테리언 레스토랑 쿠키스 크림(Cookies Cream)의 매니저 마르쿠스 잔슈(Marcus Jänsch)에 의하면, '베를린으로 유입되는 창의적인 사람들은 음식에 대해 많은 생각을 한다'고 한다. 실제로 베를린에서 음식은 단순히 인간의 생존 수단도, 취향의 전시품도 아닌, 건강한 생태계와 환경 유지를 위한 중요 요소다.

    이처럼 음식을 뜻깊게 바라보는 베를린에서 시간을 보내며 나는 육식을 하지 않게 되었다. 어느 날 갑자기 각성해 채식주의자가 된 것은 아니다. 사실 고기를 덜 섭취하게 된 것은 2007년 미국에서 유학 생활을 시작하면서부터였는데, 그때의 이유는 단순했다. 고등학교에서 급식으로 제공되는 고기가 맛이 없었기 때문이다. 방학 때 서울에 오면 즐겁게 육식을 했지만, 미국에서 보내는 시간이 월등히 많았던 관계로 자연스럽게 고기를 덜 먹게 되었고, 그것이 대학 입학 이후에도 이어졌다. 그러다 2013년 베를린에 간 이후로는 아예 고기를 먹지 않게 되었다.

고기와의 이별을 선포하게 된 배경은 복합적이다. 우선 도시 환경의 영향이 컸다. 독일은 유럽 국가 가운데서도 채식주의자의 비율이 가장 높고, 특히 베를린은 전 세계에서 손꼽히는 비건의 도시다. 이는 유럽 최초의 채식 슈퍼마켓인 베간즈(Veganz)가 베를린에서 시작됐다는 사실에서도 증명된다.

상황이 이렇다 보니 베를린은 서울이나 뉴욕보다 채식 선택권이 월등히 더 많다. 식당 어디를 가든 비건 옵션이 있으며, 심지어 베를린의 패스트푸드점으로 통하는 터키 음식점에서도 팔라펠(병아리콩을 다져서 튀긴 덩어리) 샌드위치를 판매한다. 참고로 독일 맥도널드는 2019년 미국 네슬레와 협업해 채식 버거인 '빅비건TS'를 출시하기도 했다. '비건의 도시', '채식의 성지' 베를린의 비건 음식은 비싸지 않고, 양이 많으며, 어디서든 쉽게 접할 수 있는 데다가, 무엇보다 정말 맛이 있다. 그만큼 채식의 진입 장벽이 낮으니, 쉽게 시도가 가능했던 것이다.

다음으로 주변 사람들의 영향도 컸다. 베를린 생활 당시 내 주변에는 고기를 먹지 않는 친구들이 많이 있었다. 육식을 하지 않는 이유는 피부 관리, 건강 유지, 동물 보호, 육류 제조 시스템에 대한 불만, 환경보호 등 각기 달랐지만, 어쨌든 그들을 통해 자연스럽게 채식이 가져오는 가치를 다방면으로 느낄 수 있었다.

다소 특이한 점은 친구들과 대화할 때, 채식주의라는 거대한 이념이나 육식의 옳고 그름에 대한 담론을 나눈 적이 단 한 번도 없었다는 사실이다. 그들에게 채식이란 단지 개인의 취향에 기반한 선택일 뿐이었다. 예를 들어 건강과 피부 관리 때문에 채식을 하는 친구는 할머니로부터 물려받은 모피 코트를 입고 다녔고, 육류 제조 시스템에 대한 불신으로 채식을 하는 친구는 제조 과정의 투명성이 보장되는 고기에 한해서는 가끔씩 육식을 했다. 베를린에서 채식주의는 옳고 그름을 따지는 이념의 문제가 아닌 단순한 선호도의 문제였고, 그것이 채식주의에 대한 나의 생각을 바꾸어 놓았다.

사실 나는 채식주의나 비건에 대한 편견이 있었다. 모든 채식주의자가 채식 문화만을 정답으로 생각한다고 여겼던 것이다. 마치 종교와 같이 맹목적으로 채식을 지향하고 따르며, 이를 다른 사람들에게도 전파하려고 한다는 선입견에 따른 약간의 거부감이 있었다. 나도 모르게 '채식주의'라는 라벨이 내포하는 고유의 특징이 있다고 규정지어 버렸던 것이다. 그러다 베를린에 갔고, 그곳에서 만난 친구들은 채식을 굳이 자기 정체성의 일부라고 어필하지 않았다. 그들에게 채식주의는 라벨이라기보다는 내재화된 습관에 더 가까웠고, 지극히 개인적인 선택이자 자연스러운 삶의 방식이었다. 그렇게 채식은 나에게 매력적으로 다가왔다. 한마디로 베를린에서 접한 채식은 쿨했다.

	과일	채소	유제품	계란류	해산물
Vegan 비건	과일	채소			
Lacto 락토	과일	채소	유제품		
Ovo 오보	과일	채소		계란류	
Lacto-Ovo 락토 오보	과일	채소	유제품	계란류	
Pesco 페스코	과일	채소	유제품	계란류	해산물

◆◆◆

채식주의에 대한 편견이 깨지자, 비로소 채식이 가져오는 보편적인 가치들이 눈에 들어오기 시작했다. 그렇게 나는 채식주의자가 되었다. 그런데 여기서 잠깐, 나의 식습관을 이해하기 위해서는 채식주의에도 단계가 있다는 점을 알 필요가 있다.

가장 엄격한 채식은 비건이지만, 개인적인 기준과 선택에 따라 융통성 있는 실현이 가능하다. 엄밀히 따지면 사실 나는 비건이 아니다. 육류를 제외하고 먹고 싶은 것은 거의 먹는 편인데, 이념보다는 미각에 따라 채식을 하는 사람이라 그런 것 같다. 그렇기에 나의 식습관은 환경에 따라 조금씩 바뀐다. 미국에 있을 때는 락토오보에 가까운데, 뉴욕의 생선은 서울에 비해 비싸고 맛이 없기 때문이다. 한국에 있을 때는 페스코에 더 가까운데, 서울에서 먹을 수 있는 회와 생선구이는 가성비가 높고 맛있기 때문이다. 우유는 입맛에 맞지 않아 점차적으로 멀리하다가 육 년 전부터 아예 마시지 않게 되었으며, 치즈는 서울에서는 많이 먹지 않지만 치즈가 맛있는 파리나 베를린에서는 자주 먹는다.

이렇게 주관적이고 미각적 판단에 기반해 있으며 환경에 따라 달라지는 가변적인 식습관이 어떻게 채식주의인지 의문을 표하는 사람도 있겠지만, 나는 육류를 입에 대지 않은 지 십 년 가까이 되었기 때문에, 또 베를린에서의 경험을 통해 채식은 이념이 아닌 선택이라고 여기기에, 나 자신을 채식주의자라고 생각한다.

대학교 때 친하게 지낸 친구 윌리엄(William)과 자주 하던 말이 있다. "It's a lifestyle choice." 개인의 선택은 라이프 스타일의 선택이라는 의미다. 우리가 흔히 말하는 '내 맘인데!'와 비슷한 뜻이라고 생각하면 된다. 예를 들어, 돈을 절약하겠다고 다짐한 지 얼마 되지도 않아 비싼 신발을 구매하는 윌리엄을 내가 시니컬한 표정으로 바라보면 그는 답한다. "It's a lifestyle choice!" 대화나 질문을 끊기 위해 하는 공격적인 농담이지만, 다른 각도에서 바라보면 개인 선택의 존중과 관련이 있다. 베를린 사람들이 지향하는 채식, 또 채식주의자로서 나의 식습관에 대해서도 이 말을 하고 싶다. "It's a lifestyle choice(내 맘인데)!"

채식과 관련해 떠오르는 또 하나의 영어 표현은 'Life is all about balance.'이다. 삶에서 균형을 유지하는 게 중요하다는 뜻인데, 이 명제를 건강에 대입해 보면 이렇다. 어떤 사람은 야식으로 고기 튀김을 자주 먹지만, 매일 아침 운동을 함으로써 균형을 맞춘다. 또 어떤 사람은 자주 과음하지만, 채식을 함으로써 건강을 유지한다. 어떻게 몸과 정신에 이로운 것만 하면서 살겠는가! 건강하지 못한 습관을 차마 버리지 못한다면, 건강한 습관을 더함으로써 균형을 맞출 수 있는 것 아니겠는가! 나의 채식 역시 건강하지 못한 습관들을 보완하고 균형을 유지하기 위한 선택이라고도 볼 수 있다.

또한 채식이 지닌 가치 역시 나를 채식주의자의 길로 이끌었다. 채식은 개인의 건강을 넘어 생태계의 건강에도 이롭다. 나 역시 한때 채식주의자들에 대해 편견을 가졌던 만큼, 채식을 강요

할 생각은 전혀 없으니 오해 없이 들으면 좋겠다. 육식이 환경 파괴의 원인 중 하나라는 사실은 명백히 증명된 부분이며, 또 살해를 최소화하는 것의 가치는 논란의 여지 없이 중요하고 보편적이다. 인간의 멸종은 인간을 제외한 모든 동물의 멸종을 막고 생태계의 복원을 가져온다는 진단도 있듯이, 유일하게 지구를 파괴하고 대자연의 균형을 흩트리는 존재로서 인간이 할 수 있는 최소한은 육식을 줄이는 것이라고 생각한다. 즉 나는 최소한의 도리를 다하고자 채식을 택하게 된 것이다.

이렇듯 베를린에서 나는 개인적인 미각, 신체와 정신의 건강, 동물에 대한 배려와 생태계의 건강 등 수많은 요소가 몸과 마음에 뒤섞이며, 더 이상 육식의 필요성을 느끼지 못하게 되었고, 마침내 고기에 이별을 고했던 것이다.

#6. 미의식:
건강한, 자연스러운, 그리고 편안한

대학교 2학년 때까지만 해도 나는 다양한 색감과 착용감의 옷을 즐겨 입었다. 거울을 보며 나 자신을 가꾸고 내 기준에서 멋지고 예쁜 옷, 신발, 액세서리 등을 구매하는 습관은 고등학교 때 생겨서 대학 때까지 이어진 것이었다.

쇼핑을 좋아해서 매년 새로운 스타일의 옷을 구매했고(마치 해마다 털갈이를 하는 동물처럼 말이다.), 나를 아름답게 표현하기 위해 소장한 옷의 종류가 굉장히 많은 편이었다. 내 관점에서 디자인이 독특하고, 신체적으로 조금은 과시할 수 있는 옷을 선호해서 딱 붙는 바지, 몸에 밀착되는 원피스 등을 즐겨 찾았다. 내 키가 만족스럽지 못했기 때문에 다리가 길어 보이게 하는 치마와 바지, 키가 커 보이게 하는 신발 등을 구매하기도 했다. 주말에 클럽이나 바에 갈 때는 종종 힐을 신었는데, 뉴욕 기숙사 방에 있는 힐의 수만 여덟 개였다. 또 항상 가벼운 화장을 했기 때문에 여행을 떠날 때면 파우치에 로션, 파운데이션, 볼터치, 아이라이너, 아이섀도, 마스카라를 챙겨서 다녔다.

베를린 생활 이후에 알게 된 나의 모든 친구들은 방금 묘사한 과거의 내 모습에 당황할 것이 분명하다. 근래의 모습과는 상당한 거리가 있기 때문이다. 스스로 봐도 현재와 과거의 차이가 극명하다. 예전에는 기상 후 삼십 분가량을 치장에 투자하던 내가 지금은 아침에 일어나면 동묘에서 2,000원 주고 구매한 옷을 주워 입고 외출한다. 준비 시간은 세수와 양치에 쏟는 오 분이 전부다. 토요일 밤 정성 들여 화장한 후 원피스, 힐, 검은 프라다 가방으로 치장하고 클럽에 가던 내가 지금은 얼굴에 로션조차 바르지 않은 채 헐렁한 몸뻬와 두루마기를 입고 클럽에 간다.

이처럼 나를 꾸미고 표현하는 방식이 바뀌었다는 것은, 나의 미의식이 바뀌었다는 의미다. 미(美), 아름다움은 지극히 주관적이며, 인간의 생존이나 지속 가능한 생태계와 관련 없는 영역이다. 동시에 그 어떤 영역보다 개인의 자존감과 타인의 시선이 깊게 작용하는 영역이기도 하다. 이런 아름다움에 관심을 가지면 자신만의 미의식이 생기기 마련인데, 나의 미의식은 베를린 생활을 기점으로 180도 바뀌었다. 이 '혁명적 전환'과 관계된 세 가지 형용사가 있는데, '건강한', '자연스러운', '편안한'이 그것이다.

◆◆◆

먼저 '건강한'이라는 형용사부터 이야기해 보자.

뉴욕의 사람들은 서울의 사람들에 비해 훨씬 체구가 다양한 편인데도, 컬럼비아대를 다닐 당시 나는 날씬한 체형에 집착했다. 다리가 가늘고 팔뚝이 얇은 친구들이 예뻐 보였고, 내게 체형은 아름다움의 중요 기준이 되었다. 나 역시 날씬한 체형을 갖고 싶어서 습관적으로 체중계에 올랐고, 몸무게가 조금이라도 늘어 있으면 스트레스를 받아 그날은 잘 먹지 않았다. 편식도 하는 편이었다. 외모에 자신감이 없으니 이를 보완하고자 옷을 다채롭게 입는 반면에 먹는 음식은 크게 다채롭지 못했다. 사실 편식은 다이어트와 별개로 이어져 온 습관인데, 고등학교 때는 하나의 음식에 빠지면 질려서 쳐다도 보기 싫을 때까지 먹곤 했다. 매일 아침 자몽 두 개를 먹은 적도 있고, 입에 사탕과 초콜릿을 달고 산 적도 있으며, 끼니마다 아이스크림을 먹거나, 밤마다 홀로 수박 반 통을 먹어 치운 적도 있다.

고등학교 때도 그렇고 대학교 때도 그렇고 건강은 나의 관심사가 아니었고, 당연히 건강한 음식을 골고루 잘 챙겨 먹어야겠다는 생각은 하지 못했다. 나는 오직 날씬하고 예뻐지고 싶었을 뿐이며, 내게 건강과 아름다움은 결코 가까운 사이로 여겨지지 않았다. 이러한 미의식과 내 아름다움에 대한 스스로의 평가가 바뀌게 된 계기는 독일에서 만난 주변 친구들의 모습과 조언이다. 베를린에는 체형과 무관하게 아름다운 사람들이 정말 많았다. 기존에는 통통하다고 바라봤을 체구를 가진 친구들이 굉장히 멋진 오

63

라(aura)를 내뿜는 모습에 놀랐고, 과거에는 절대 예쁘다고 생각하지 않았을 옷을 기가 막히게 소화하는 친구들을 보며 감탄했다. 이들이 아름다운 이유는 날씬해서가 아니었다. 본인을 꾸미는 감각, 대담한 선택과 조합, 그리고 자신감 넘치는 태도 때문에 아름다워 보였다. 무엇보다 이들은 스스로를 아끼고 사랑했고, 그래서 몸과 마음의 건강에 집중했으며, 이를 통해 더욱더 반짝였다. 나는 친구들을 보며 내적 아름다움과 외적 아름다움이 일치하는 것, 즉 건강한 아름다움의 매력을 절실히 깨달았다.

이상적인 체형보다 건강한 정신과 신체에 신경 쓰는 친구들의 모습은 내게 음식과 아름다움이 갖는 직접적인 관계도 알려주었다. 한 친구는 저렴하고 간편한 인스턴트 음식을 즐기던 내게 '너 자꾸 라면 먹으면 얼굴에 뾰루지 난다! 인스턴트 인간이 되고 싶어?'라고 농담하며 꾸짖곤 했다. '서울에 방문해서 고기랑 짠음식을 지나치게 많이 먹어서 그런지, 얼굴이 붓고 피부가 엄청안 좋아졌어!'라며 투덜대던 친구는 평소에도 미용 관리에 철저했는데, 특히 먹는 음식을 중요하게 생각했다. 이들을 통해 과거에는 흘려들었던 'You are what you eat(네가 먹는 것이 곧 너).'라는 말이 점점 가깝게 다가왔다.

건강한 몸, 건강한 정신을 통해 건강한 아름다움을 자랑하는 친구들과 함께 보내는 시간이 많아질수록, 자연스럽게 체형을 포함한 키, 이목구비의 생김새 등 태어날 때 주어진 것들이 내 미적 기준에서 사라졌다. 대신 건강한 식습관을 통해 만들어진 건강

한 신체, 자신에 대한 존중과 애정에서 비롯된 건강한 정신이 새
로운 미적 기준이 되었다.

◆◆◆

다음으로 '자연스러운'이라는 형용사다.

베를린 생활 이후, 내 삶에서 완전히 사라진 것 중 하나는
화장이다. 아무것도 더하지 않았을 때 재료 본연의 맛이 가장 잘
살아나듯이, 인위적인 요소로 덧칠하지 않았을 때 사람은 가장 자
연스러운 모습이 나타나는 것 같다. 나는 베를린에서 일 년을 보
낸 뒤 자연스러운 아름다움을 추구하게 됐고, 100퍼센트 내추럴
한 메이크업은 노 메이크업이라고 생각하게 됐다.

잠시 나의 화장의 역사를 돌이켜 보자면, 내가 제대로 화장
을 하기 시작한 것은 대학에 입학하면서부터다. 전문 메이크업 아
티스트로 활동하던 엄마의 도움을 받아 화장에 공을 쏟기 시작했
다. 주변 친구들로부터 좋은 화장품을 추천받기도 했는데, 당시
내 화장대 선반 위에는 크리니크 파운데이션, 바비브라운 젤 아이
라이너와 볼터치, 베네피트 틴트, 스틸라와 에스티로더 아이섀도,
로레알 마스카라 등이 가지런히 놓여 있었다. 화장을 두껍게 하는
편은 아니었지만, 기본 화장을 하지 않고 집을 나선 적은 거의 없
었다. 화장 후 거울에 비춘 내 모습이 조금은 예뻐진 것 같아 흡족
했고, 그렇게 치장을 하고 나가야 자신감이 조금은 더 생겼다.

베를린에 간 뒤 화장을 하지 않았는데도 아름다운 사람들

이 눈에 들어오기 시작했다. 아름다워지기 위해 꼭 화장을 할 필요는 없다는 사실을 깨닫게 되었고, 나 역시 점점 화장을 하지 않는 날이 늘어 갔다. 화장 없는 생활은 정말 자유로웠다. 화장이 옷에 묻을까 봐 조심할 필요도 없었고, 지워질 걱정 없이 자유롭게 눈을 비비거나 코를 풀 수 있었다. 여름에 땀이 나거나 카페에서 글을 쓰다가 졸음이 쏟아지면 공중화장실에서 물과 비누로 세수를 했기에, 원할 때마다 바로 상쾌함을 얻을 수 있었다. 갑작스레 친구 집에서 자게 되어도 아침에 화장을 할 필요가 없으니 마음이 편했다. 게다가 더 이상 화장품을 구매하지 않았기 때문에 지출도 대폭 줄일 수 있었다.

이러한 자유로움을 맛보고 나자 깨달았다. 화장하는 재미와 치장한 내 모습을 바라보며 가지는 뿌듯함보다 화장하고 다니는 생활이 가져오는 불편함이 더 크다는 것을 말이다. 화장하던 과거로 돌아갈 수 없겠다는 확신이 들었다. 실제로 지금도 나는 얼굴에 아무런 화장을 하지 않는다. 심지어 로션조차 바르지 않는다. 얼굴에 자연스럽게 생기는 유분과 수분은 매일 4리터의 물을 마시기 때문이라고 굳게 믿으며, 화장품보다 훨씬 저렴한 물을 구매해 꾸준히 마시고 있다.

◆◆◆

마지막으로 '편안한'이라는 형용사의 차례다.

건강하고 자연스러운 아름다움을 추구하는 과정에서 내게

66

편리함과 실용성, 편안함이 새로운 가치로 떠올랐다. 과거에는 쳐다보지도 않았던 헐렁한 옷, 편한 신발, 수납공간이 넉넉하고 튼튼한 가방 등이 눈에 들어왔고, 이것들의 장점이 제대로 보이기 시작했다.

얇고 헐렁한 옷은 여러모로 실용적이다. 움직임이 자유로운 것은 둘째치고, 외부 온도에 효과적으로 대처할 수 있다. 통기성이 뛰어나 여름에 시원하게 입을 수 있으며, 겨울에는 얇은 옷을 여러 개 겹쳐 입으면 보온 유지 효과를 볼 수 있다. 나는 주로 동묘와 지하철역 환승 구간에서 이런 옷들을 구매하는데, 만 원이 넘으면 절대 사지 않는다. 그 이하의 가격으로도 충분히 괜찮은 옷을 살 수 있기 때문이다. 또 하나의 구매 원칙은 반드시 옷에 주머니가 있어야 한다는 것이다. 덜렁대는 성격이어서 물건을 자주 분실하기에, 중요한 물건을 넣고 다닐 주머니는 필수다.

주변 친구들은 나를 보고 할머니 같다고 놀리곤 한다. 허리 부분이 고무줄 처리된 바지를 즐겨 입고, 보통 간호사와 할머니들이 즐겨 신는 SAS 신발을 신고 다니기 때문이다. 엄마가 이 신발만은 신지 말라고 부탁해 요즘은 잘 신지 않지만, 편안함에서는 이 신발을 따를 것이 없다고 생각한다. 여하튼 나는 편안한 복장이 나를 더 잘 움직이게 하고 자유롭게 만들어, 더 건강하고 자연스러운 나를 만든다고 생각하기 때문에, 주변에서 할머니라고 놀리면 오히려 기분이 좋다.

물론 무조건적으로 편안함과 편리함을 추구하는 것은 아니다. 편안한 아름다움을 가꾸는 데 있어 내 나름의 기준은 고수한다. 예를 들어 나는 추리닝을 입거나 운동화를 신지 않는다. 겨울 패딩도 입지 않으며, 후드 티도 잘 입지 않는다. 명확한 기준을 설명하기는 어렵다. 그냥 내 기준이다.

이는 건강하고 자연스러운 아름다움의 부분에서도 마찬가지다. 나는 건강미를 생각하는 사람치고 술을 많이 마시고 운동을 하지 않으며, 자연미를 가치롭게 여기는 사람치고 가끔 새빨간 립스틱을 바르기도 하고 마스크팩을 사용하기도 한다. 굉장히 모순적으로 보이겠지만, 이와 관련해서는 앞서 채식 때 썼던 표현을 다시 한 번 꺼내고 싶다. "It's a lifestyle choice." 진정한 아름다움은 건강, 자연스러움, 편안함에 새로움, 감각, 개인 취향이 더해져 균형과 조화를 이룰 때 완성되는 것이라고 생각한다.

#7. 환경 의식:
'에코'와 '바이오'가 생활이 될 때

얼마 전에 지인 추천으로 영화 「파운더(The Founder)」를 봤다. 맥도널드 형제와 맥도널드 햄버거 프랜차이즈의 창립자 레이 크록에 관한 영화인데, 크록이 처음 맥도널드 형제의 식당을 방문해 음식을 주문하는 장면이 가장 기억에 남는다. 주문 후 값을 치르고 '곧바로' 포장된 음식이 나오자 크록은 우선 그 속도에 굉장히 당황하고, 또 이걸 어떻게 먹어야 할지 몰라 직원에게 식기를 부탁한다. 그때 크록의 요청에 대한 직원의 답이 굉장히 충격적으로 다가왔다.

"You just eat it straight out of the wrapper and then you throw it all out(그냥 포장지를 뜯어서 먹고, 다 버리면 돼요)."

종이 포장을 뜯어 음식을 먹고 나머지는 전부 쓰레기통에 버리라는 것이었다. 판매자 입장에서는 서빙과 설거지가 필요없으니 효율적이고, 소비자 입장에서는 식탁 없이도 취식이 가능하기에 간편한 방식. 1950년대 미국에서 맥도널드 형제가 마련한 이 시스템은 크록에게 긍정적인 충격을 안겨 주었지만, 2020년대의 나에게는 부정적인 충격으로 다가왔다. 수십 년간 효율성과 편리를 우선시한 탓에 지구뿐만 아니라 우리 역시 혹독한 값을 치르고 있다고 생각하기 때문이다.

「파운더」를 보며 느낀 불편함은 베를린 이후 뉴욕에서 받은 충격과도 매우 흡사했다. 교환학생을 마치고 돌아간 뉴욕은 더할 나위 없이 불편했고, 삶의 질은 급격히 떨어졌다. 인구밀도가 극심히 높은 도심은 매연으로 가득했고, 분리배출이 되지 않은 온갖 쓰레기와 음식물이 길가에 나뒹굴며 지독한 악취를 풍겼다. 그 도로 위를 바쁘게 지나가는 사람들의 한 손에는 플라스틱 빨대가 꽂혀 있는 일회용 스타벅스 컵이 들려 있고, 다른 한 손은 택시를 잡기 위해 열심히 움직이고 있었다. 슈퍼 종업원은 비닐봉지가 찢어질까 봐 두세 겹으로 포장했고, 일반 식당에서 식사하는 사람마저 일회용기를 사용한 후 남은 음식과 함께 모조리 쓰레기통에 버렸다. 이 모든 광경과 현실이 너무도 끔찍했다.

끔찍하고 불쾌한 환경은 무책임한 행동의 결과이다. 어떤 사람이 깨끗한 길모퉁이에 플라스틱 컵을 버리면, 지나가는 사람들도 하나둘씩 쓰레기를 버리기 시작하고, 결국 거대한 쓰레기 더

미가 생기는 현상은 무책임한 행동의 결과로 더러워지는 환경의 예시다. 즉 한 사람의 무책임한 행동이 열악한 환경을 낳고, 이 환경이 다른 사람들의 무책임한 행동('여긴 더러우니까, 쓰레기를 버려도 괜찮아.')을 유발하며, 이는 더 큰 오염으로 이어지는 악순환이 벌어지는 것이다. 다시 말해 환경은 행동의 결과이자 태도나 습관의 원인이라고 할 수 있다. 사실 뉴욕에 살 때는 열악하고 불쾌한 환경, 낮은 환경 의식, 환경 파괴적인 행동으로 구성된 악순환에 대해 깊이 고민해 보지 않았다. 하지만 베를린에서 이와 상반되는 선순환을 경험하고 뉴욕으로 돌아오니, 효율성, 편리함, 이기심 등이 빚어낸 이 악순환이 나를 불행하게 만들었다.

♦♦♦

베를린에서 경험한 선순환의 중심에는 두 가지 키워드가 있다. 에코(eco)와 바이오(bio)가 그것이다. 에코는 생태계에 해를 끼치지 않는 제품, 제조 과정, 에너지 등을 수식하는 데 사용되는 단어이고, 바이오는 화학비료나 농약을 쓰지 않고 유기물을 이용하는 농업 방식의 산물 등과 관계된 단어다. 에코와 바이오 모두 자연 속 다양한 이해관계자의 상호작용, 관계의 구조, 그리고 생산과 소모의 순환을 상징하는데, 환경의 환(環)이 '두르다', '고리'를 뜻하는 것과 상통한다. 베를린에서 이 두 가지 키워드는 단순히 제품군을 넘어서 삶의 태도를 뜻하기 때문에, 다양한 형태로 생활에 녹아 있다.

우선 베를린에는 네 가지 색으로 구분된 분리배출 쓰레기통이 기차역, 공원, 광장, 학교 등 대부분의 공공장소에 비치돼 있다. 파란색은 종이, 노란색은 플라스틱, 알루미늄 등 포장재, 초록색은 유리, 그리고 빨간색은 일반 쓰레기를 의미한다. 독일 사람들은 종이컵이나 빈 병을 일반 쓰레기통에 넣으려는 사람이 있으면, 낯선 사람일지라도 꾸지람을 한다. 나 역시 친구에게 비슷한 꾸중을 들은 적이 있는데, 겹겹의 비닐로 포장된 과자를 먹을 때였다. 내 친구가 유난을 떤 것이 아니라는 사실을 증명할 예로, 독일 슈퍼에는 비닐봉지가 없다. 과일과 야채 그대로 바구니에 담아 결제 후 에코백 등에 담아 가는 게 자연스러운 일상이다. 심지어 베를린의 '오리기날 운페어팍트(Original Unverpackt)'라는 슈퍼마켓에는 포장된 제품 자체가 없다. 소비자가 유리병 등 환경에 해롭지 않은 용기를 준비해, 담아 가는 재료의 종류와 무게에 따라 가격을 지불하는 시스템이다. (참고로 프랑스는 2022년부터 삼십 종류의 과일 및 채소의 플라스틱 포장을 금지한다고 한다.) 2016년 7월 서울 성수동에도 비슷한 가게가 하나 생겼는데 '더 피커(The Picker)'라는 스타트업이다.

독일은 환경친화적인 정책을 선도하는 나라로 잘 알려져 있는데, 그중 가장 매력적으로 다가온 것은 판트(Pfand) 시스템이다. 판트는 디파짓(deposit), 즉 보증금을 뜻한다. 슈퍼에서 구매하는 물이나 맥주에 플라스틱 또는 유리병의 값이 포함되어 있는 것인데, 플라스틱 물병의 경우 25센트, 유리 맥주병의 경우 8센트이다. 2014년 당시 환율로 계산하면, 물과 맥주를 살 때 275원 또는 88원 정도를 추가로 지불하는 것이다. 이 보증금은 대형 슈퍼마켓의 레어구트아우토마트(Leergutautomat)라는 빈 병 회수기를 통해 환급받을 수 있다. 영어로는 이 기계를 '리버스 벤딩 머신(reverse vending machine)'이라고 부르는데, 동전을 넣고 음료를 받는 대신 빈 병을 넣고 동전을 받기 때문에 '반전 자판기'라는 재미있는 별명이 붙었다.

사실 판트 시스템은 조삼모사(朝三暮四)를 연상시키는 부분이 있다. 조삼모사는 원숭이들에게 먹이를 아침에 세 개, 저녁에 네 개를 주겠다고 했을 때 이들이 화를 내자, 아침에 네 개, 저녁에 세 개를 주겠다고 했다는 이야기를 담은 고사성어다. 주로 눈앞에 닥친 현실에만 급급한 상황을 묘사하거나 간사한 꾀로 남을 속이는 모습을 비유할 때 사용된다. 하지만 객관적으로 득이 없는 상황만을 묘사하는 것은 아니다. 명분이나 사실에 있어 차이가 없지만, 어쨌든 원숭이들은 만족감과 행복을 느낀다. 원숭이들의 관점에서 조삼모사는 동기부여 또는 인센티브 역할을 하는 것이다.

판트 시스템도 비슷하다고 생각된다. 추가적으로 지불한 금액을 돌려받는 것이기 때문에, '보증금=이익'으로 생각할 수는 없는데 빈 병을 모았다가 한번에 많은 금액을 돌려받으면 왠지 공돈이 생긴 기분이 든다. 게다가 나처럼 환경 의식이 낮았던 사람에게는 보증금이 일종의 동기가 되어, 이전에는 생각 없이 버렸던 용기들을 열심히 모으게 만들었다. 빈 물병 한 개당 받는 25센트는 결코 적지 않은 금액이었다. 베를린에 자주 가던 터키 음식점이 있는데, 이곳에서 갓 튀겨 판매하는 팔라펠 샌드위치가 1유로였으니 빈 물병 네 개만 모으면 한 끼를 해결할 수 있었다! '티끌 모아 태산'이라 외치며, 작은 것에서 행복을 느끼는 나와 같은 사람에게 아주 훌륭한 동기부여 시스템인 것이다.

친구들과 길가에서 맥주를 마시며 즐거운 시간을 보낼 때는 빈 병을 모으고 챙기는 게 귀찮기도 했는데, 그때는 기꺼이 다른 사람을 위해 남겨 두었다. 베를린에서는 빈 병이 생겼을 때 길가 구석에 안전하게 세워 두는 사람이 많다. 길에서 빈 병을 모으는 사람들이 종종 있기 때문이다. 길을 다니며 병을 줍거나 쓰레기통 안을 살펴보는 일은 남녀노소, 옷차림, 직업을 불문하고 이루어진다. 판트 시스템에 대해 모르는 여행객, 혹은 25센트를 가치 있게 보지 않는 사람들이 쓰레기통에 던져 버린 병들을 찾는 것이다. 나는 커다란 이케아 쇼핑백을 들고 다니며 빈 병을 수거하는 젊은 학생들도 종종 만났다. 이처럼 베를린에서 빈 병을 찾아 모으는 것은 절대 창피한 일이 아니다. 환경미화원이 되어 환경보호에 나서는 동시에 푼돈도 벌 수 있는, 재미있고 친환경적인 여가 활동이다. 나 역시 서너 시간의 노동 끝에 거의 15유로나 되는 수익을 창출한 적도 있다. 클럽에서다.

2014년 5월 셋째 주말, 클럽 어바우트 블랑크(About Blank)에서 퀴어 파티가 진행되었다. 그날의 파티에서는 보통의 베를린 파티 현장에서 흔히 볼 수 있는 장면들이 펼쳐졌다. 이틀 전부터 계속 춤을 추는 사람, 좀비처럼 소파에 앉아 허공을 바라보는 사람, 누군가와 진지한 담론을 펼치고 있는 사람, 뜨개질을 하는 사람… 그 당시에 나는 조금 지쳐 있는 상태로, 친구와 함께 클럽 외부에 있는 정원을 서성이고 있었다. 그러던 중 한 가지 아이디어가 떠올랐는데, 바로 빈 병 모으기였다.

보통 슈퍼에서는 맥주병의 보증금이 8센트이지만, 클럽에서는 무려 50센트다. 서른여섯 시간 동안 지속된 파티의 현장에는 '이 50센트들'이 바닥과 테이블 여기저기 굴러다니고 있기 마련이니, 친구와 나는 이걸 수거하기로 한 것이다. 물론 세상은 호락호락하지 않은 법. 남들이 마시고 버린 빈 맥주병을 주워 보증금을 환급받는 사람들이 많았기에, 클럽 바텐더들은 순순히 환급해 주지 않았다. 좀 전에 빈 병을 가져와 돈을 받았는데, 금세 동일한 사람이 빈 병 세 개를 양팔로 끌어안고 오면 바텐더들은 이런 식으로 거절하곤 했다.

"너 오 분 전에 찾아와 나한테 빈 병 줬잖아.", "한번에 두 병까지만 환급해 줄 거야.", "니가 사 마신 맥주의 빈 병만 환급해 줄 거야."

그래서 친구와 나는 간략한 작전을 짰다. 클럽에는 바가 세 군데, 입구를 들어가 좌측에, 직진해 입장하면 우측에, 그리고 바깥 정원에 있었고, 이를 토대로 우리의 환급 게임 규칙이 성립되었다.

'한번에 세 병 이하를 돌려준다', '삼십 분 이상의 시간 간격을 두고 환급을 요청한다', '바 세 군데를 순차적으로 방문한다'.

　작전은 대성공! 그날 친구와 나는 보증금 환급을 통해 각자의 파티 입장료는 충분히 번 뒤, 뿌듯한 마음으로 집으로 향했다.

◆◆◆

친환경적인 순환은 베를린에서 아주 중요한 개념이다. 재활용 습관에 더불어, 앞서 언급한 크게 개조하지 않고 재사용하는 재미있는 공간, 사람들의 검소한 생활, 건강에 좋고 친환경적인 식습관, 자전거 생활화 등이 모두 포함되어 있다. 순환이라는 개념을 중심으로 장소, 가치관, 소비 행태, 의식주, 제품 시장, 행동과 활동 등 수많은 요소들이 환(環), 즉 고리의 일부분으로 맞물려 있는 것이다. 이런 선순환을 경험하고 깨닫고 실천했으니, 일 년 후 뉴욕에서 마주한 악순환이 충격이었던 것은 당연한 일이었다.

#8. 교육:
목표와 수단 사이

베를린 생활을 통해 찾아온 사람, 공간, 소통, 교통, 음식, 미의식, 환경 의식에 대한 변화는 모두 자연스러운 실천을 통해 사고의 전환이 이루어졌다는 공통점이 있다. 다양한 사람들과 관계를 맺으며 새로운 삶의 시선을 접했고, 경계 없는 놀이터를 방문하며 공간에 대한 선입견과 편견이 무너졌다. 주변 친구들의 영향으로 휴대폰 없는 생활의 장점을 알게 됐고, 자전거가 일상의 중심에 자리하게 됐다. 가성비 높은 음식을 찾다 보니 채식에 대한 보편적인 가치를 인지하게 됐고, 꾸미지 않아도, 아니 꾸미지 않을수록 더 아름다운 사람들을 만나며 건강하고 자연스러우며 편안한 아름다움을 추구하게 됐다. 또한 보증금을 환급받고자 빈 병을 모으면서 환경에 대한 인식이 생겼다. 즉 무의식적이고 자연스럽게 하나씩 실천하다 보니 내 의식과 생각도 차츰 바뀌어 갔던 것이다.

하지만 교육과 학업에 대한 가치관의 변화는 앞의 일곱 가지와는 전혀 다르게 이루어졌다. 그야말로 망치로 얻어맞은 듯한 충격과 함께 갑작스럽게 생겼던 것이다. 이 급작스런 충격의 현장은 2013년 11월 23일 토요일 밤, 스톡홀름의 한 하우스 파티였다. 미국과 유럽의 차이점에 대해 이야기를 나누던 중, 스웨덴 친구는 이렇게 말했다.

"스웨덴에서는 고등학교 졸업 후 대학교에 진학하는 사람이 세 명 중 한 명에 불과해. 본인이 정말로 공부하고 싶은 건, 경제활동과 사회생활을 한 이후에 생기는 경우가 많지."

이 말을 듣는 순간, 마치 이십여 년간 나를 지탱해 온 주춧돌이 순식간에 무너지는 기분이었다. 나에게 공부는 항상 수단이 아닌 목적이었다. 한국과 미국을 넘나들며 나름 다양한 학습 환경을 접하고 많은 지식을 습득했지만, 고학력을 얻고자 하는 목표는 크게 변하지 않았다. 한국의 SKY 대신 미국의 아이비리그를 목표로 삼은 것일 뿐, 미국으로 유학을 왔다고 해서 학업에 대한 새로운 의미나 가치를 고민하게 된 것은 아니었다.

그런데 스웨덴 친구는 공부도, 고학력도 그저 선택 사항일 뿐이라고 말하고 있었다. 학업은 직업의 수단일 뿐이고, 대학 교육은 의무가 아닌 선택이며, 고학력은 삶을 구성하는 아주 수많은 요소 중 하나일 뿐임을 깨닫는 순간, 충격의 낭떠러지로 떨어져 버렸다. 학업에 대해 품었던 기존의 생각이 일순간에 흔들려 버린 것이다.

◆◆◆

스톡홀름의 한 하우스 파티에서 학업에 대한 생각이 송두리째 흔들렸다면, 베를린자유대학교에서의 경험을 통해 공부는 목적이 아니라 수단이라는 사실을 완전히 체화하게 됐다. 미국과 독일 교육의 차이점을 겪게 되면서인데, 대체 미국과 독일의 교육은 뭐가 얼마나 다른 걸까?

미국 대학과 독일 대학의 첫 번째 차이점은 시험의 유무다. 컬럼비아대 학생이 4학점을 수료하려면 지키고 챙겨야 할 것이 많다. 우선 평균적으로 주 이삼 회, 회당 두 시간 정도 진행되는 수업에 빠짐없이 참석해야 한다. 세 번 이상 무단결석하면 무조건 감점이며, 수업 태도와 참여도 성적에 반영된다. 과제도 많은 편인데 교수님이 강의에서 짚어 주시는 내용을 제대로 알아야만 과제 수행이 가능하다. 그리고 대부분의 수업에는 중간고사와 기말고사가 있다. 즉 컬럼비아대는 학생에게 굉장히 많은 것을 요구한다고 볼 수 있다.

베를린자유대학교는 많이 달랐다. 이 학교에서 4학점을 수료하기 위해 챙겨야 할 것은 하나뿐으로, 학기말에 제출하는 하우스아르바이트(Hausarbeit)가 그것이다. 수업은 평균적으로 주 일 회, 회당 한 시간 반 정도 진행되는데, 교수님은 출석을 체크하지 않으며, 수업 태도와 참여도 역시 성적과 아무 관련이 없다. 학기 내내 그 어떤 과제도 주어지지 않고, 중간고사와 기말고사 역시 없다. 이름이 '자유대학교'라서 특별히 주어지는 자유가 아니다.

대부분의 독일 대학생들은 이처럼 막대한 자유를 누린다고 한다.

그래서인지 독일에서 학업의 길은 학생이 주체적으로 만들어 나가는 길이다. 주변의 기대 사항과 요구 사항이 없진 않지만 지극히 제한적이며, 그 누구도 가이드라인을 제공해 주거나 알아서 챙겨 주지 않는다. 특히 대학생은 완전한 자유가 주어지기 때문에 제대로 학업에 열중하기 위해서는 자기 수양(self-discipline)이 필수적이다. 하우스아르바이트 작업 역시 교수가 이끌어 주는 것이 아니라 학생이 이끌어 가는 것이기 때문에, 작업 도중 조언이 필요할 경우에만 교수님께 메일을 보내 미팅 일정을 잡고, 나머지는 학생이 알아서 한다. 즉 독일에서 학업은 온전한 자유와 더불어 막대한 책임이 따르는 일이다.

나는 자유대학교에서 교환학생이었지만, 일반 학생들이 듣는 강의를 수강하고 모든 하우스아르바이트를 독어로 제출해야 했다. 컬럼비아대학교에서 자신감 넘치게 재잘대며 토론하던 모습은 온데간데없이 사라지고, 자유대학교에서는 꿀 먹은 벙어리 신세였다. 듣고 바로 이해하기에는 지나치게 빠른 속도의 독어로 아르투어 쇼펜하우어와 발터 베냐민의 논지를 분석하는 독일 학생들, 또 속사포처럼 질문을 던지는 교수님이 다소 무서웠기 때문에 자주 결석하곤 했는데, 다행히 성적은 괜찮게 나오는 편이었다. 하우스아르바이트를 정성스럽게 써서 제출했던 덕분이다.

물론 그 결과물이 나오기까지 고된 과정이 필요했다. 나는 뇌를 지나치게 학대해 눈물이 날 정도로 머리가 아플 만큼, 집이나 카페에서 쇼펜하우어의 『윤리학의 두 가지 기본 문제(*Die beiden Grundprobleme der Ethik*)』와 베냐민의 『아케이드 프로젝트(*Das Passagen-Werk*)』를 파고들었다. 여하튼 세상이 거꾸로 뒤집히는 것 같은 기분을 느끼면서까지, 정말 열심히 읽으며 공부한 덕분에 결과물은 나쁘지 않았다. 두 번째 학기 때는 수업을 더 자주 결석했지만, 내가 스스로 텍스트를 익히고 조교와 교수님의 도움을 받아 독어로 꽤 논리적인 논문을 썼기 때문에 만족스러운 성적을 받을 수 있었다.

◆◆◆

학생에게 주어지는 막대한 자유, 책임감과 더불어 눈에 띈 것은 자유대학교 학생들의 나이였다. 한국과 미국의 경우, 고등학교 졸업 직후 대학에 진학하는 경우가 대다수다. 그래서 대학생의 평균 나이는 18~24세 정도다. 하지만 자유대학교에서는 이십 대부터 사십 대까지, 다양한 연령대의 학생들을 만날 수 있었다. 독일은 전반적으로 대학생 평균 연령이 높은 편이다. 고교 졸업 직후 대학에 진학하는 사람이 많지 않고, 또 학생들이 독립적으로 학업에 임하다 보니 대학을 졸업하는 데 사 년 이상 걸리는 경우도 많기 때문이다.

넓게 분포된 대학생의 연령대는 독일에서 학사 과정이 갖는 의미와도 관련이 있다. 미국 학사 과정이 전반적인 근력 운동이라고 한다면, 독일 학사 과정은 특정 운동의 초급 단계라고 할 수 있다. 예를 들어 미국에서는 철학 학사 학위를 받은 후 미술사 석사 과정을 밟을 수 있다. 모든 학문이 그런 것은 아니지만, 최소한 인문학 계열 또는 공과 계열 내에서는 선택이 자유로운 편이다. 반면 독일은 모든 전공을 학부에서부터 시작해야 한다. 철학 학사 과정을 이수한 사람이 미술사 석사 과정을 밟고 싶다면, 대학교를 다시 다녀야 하는 것이다.

미국과 독일 대학의 또 다른 차이점은 학비다. 미국 공립대의 평균 학비는 약 3만 불, 사립대는 약 5만 불이다. 독일 공립대의 학비는 모두 무료이며, 사립대 학비는 약 3,000유로로 미국 사립대 학비의 십분의 일도 되지 않는다. 독일뿐 아니라 유럽 국가들은 복지 제도가 잘 갖춰져 있다 보니 학비가 무료인 경우가 많고, 유료라도 대부분 저렴하다. 낮은 학비에 더불어 유럽 대학들을 아우르는 가장 큰 특징은 '서열'이 없다는 것이다. 유럽에는 소위 명문대에 대한 기준이 없는 편이다. 어느 대학을 졸업해야 좋은 직장을 가질 확률이 높은지에 대한 기준이 없어서, 좋은 대학에 들어가기 위한 지나친 경쟁도 존재하지 않는다.

전 세계적으로 고학력을 자랑하는 한국, 그리고 명문대와 비싼 학비를 자랑하는 미국에 익숙하던 나에게 독일의 교육 환경과 가치관은 충격적이었다. 독일에서 공부하고 생활하면서 당연하게 생각했던 대학 교육의 가치와 명문대가 갖는 위상이 무너졌다. 마치 옳은 답을 찾아 떠난 여정에서 갑자기 '인생에 정답은 없다'는 깨달음을 얻은 것만 같았다.

♦♦♦

서열 없는 대학, 학생의 자립적이고 주체적인 학습은 사회와 교육 시스템이 뒷받침해 주기 때문이다. 독일은 3단 중등교육제도(three-tiered secondary education system)와 이중 교육제도(dual education system)로 잘 알려져 있다.

3단 중등교육제도는 중·고등 교육 경로의 선택권이 세 개라는 뜻이다. 독일에서는 초등교육(만 6~10세)을 마치고 상급 학교로 진학 시, 김나지움(Gymnasium), 레알슐레(Realschule), 하우프트슐레(Hauptschule) 중 하나를 택할 수 있다. 선생님의 조언을 적극 수용하긴 하지만, 어디까지나 학생의 의지와 역량에 따라 학교를 결정한다.

김나지움은 인문계 학교로, 진지하게 학문을 연구하고 싶거나 대학 교육을 필수로 하는 소수의 직업군에 관심이 있는 친구들이 진학한다. 이 학교로 가는 학생 수는 전체 학생 수의 30퍼센트밖에 되지 않는다고 한다. 독일에 있는 대부분의 직장은 대학 졸업장을 필수로 요구하지 않기 때문이다. 레알슐레와 하우프트슐레는 직업과 관련된 업무 교육을 진행하는데, 이곳으로 가는 학생들은 일반 고등학교를 진학하지 '못' 한 것이 아니라 '안' 한 것이라고 할 수 있다.

독일 중·고등학생의 성적은 OECD 국가 중 중하위권에 속하지만, 낮은 학구열에 비해 강한 국가 경쟁력을 자랑한다. 이 국가 경쟁력의 기반에 있는 것이 직업교육제도다. 독일 특유의 이중

교육제도는 기업의 수습 교육과 직업학교의 교육을 일 년간 병행하는 제도다. 교육 시스템의 일부인 직업훈련은 독일식 자본주의와 사회보장제도의 결합물이라고 할 수 있는데, 중세 길드의 직업훈련제도인 마이스터(Meister) 양성에서 출발했다고 한다. 쉽게 말해 이론적 지식과 실천적 지식을 함께 얻는 과정이 바로 이중 교육제도다.

이처럼 대학 교육 대신 직업교육이 의무인 사회다 보니, 베를린에는 고학력 쟁취를 위한 경쟁이 없고 모든 직업이 동등하게 대우받는 편이다. '직업에 귀천이 없다'는 아주 당연하고 기본적인 말이 단지 말에 그치지 않고, 모든 사람들의 삶과 일상에서 자연스럽게 실현되는 곳, 그곳이 베를린이었다. 그렇기에 나는 이곳에서 학업과 교육, 나아가 직업에 대해 완전히 새로운 이념을 정립할 수 있었다.

와인 백 병만큼의
외로움과 무력감, 그리고…

망치질을 할수록 금속이 단단해지듯, 충격을 받을수록 사람도 단단해지는 것 같다. 내가 베를린에서 받은 문화 충격과 뉴욕으로 돌아간 후 받은 역-문화 충격은, 내가 더욱 단단해지는 데 큰 역할을 했다고 생각한다. 하지만 그 과정이 순탄하지만은 않았다. 지금껏 독일에서 받은 문화 충격의 좋은 점들을 이야기했지만, 당연히 충격이 긍정적인 효과만 가져온 것은 아니었다. 너무도 낯선 환경, 그곳에서 겪은 몸과 마음의 변화 등으로 나는 수없이 흔들렸고, 자기 회의와 후회로 많은 스트레스를 받았다.

　　스트레스의 주된 원인은 외로움과 무력감이었다. 그 당시에는 제대로 인지하지도 못했고 순순히 인정하기도 싫었지만, 사실 독일에서 나는 외로웠다. 열일곱 살 때부터 가족과 떨어져 해외에서 홀로 살았던 나지만, 독일에 가기 전까지는 진정 혼자였던 적은 없었다. 늘 가족과 함께였던 한국을 떠나 도착한 미국 여자 사립 기숙학교는 집보다 더욱 화기애애한 분위기였다. 전교생이 300명 남짓인 학교의 작은 울타리 내에는 선생님, 친구들, 기숙사 관리인 등 나와 이야기를 나누고 나의 안부를 챙겨 줄 사람이 가득했다. 컬럼비아대학교에서 역시 마찬가지였다. 고등학교 때보다 활동 반경이 넓어지긴 했지만, 나는 여전히 기숙사에서 잠을 잤고 캠퍼스 내 카페테리아에서 친구들과 어울려 식사를 했다. 주변에는 친구, 교수님, 어드바이저 등 아무 때나 연락할 수 있는 사람이 많았다.

독일에서는 상황이 많이 달랐다. 컬럼비아대에서 베를린으로 유학을 간 학생은 나 혼자였고, 나는 독일에 아는 지인이나 친구가 단 한 명도 없었다. 대학 친구들의 소개로 사람을 만나긴 했지만, 마음이 정말 잘 맞는 친구를 찾기란 생각보다 훨씬 힘들었다. 베를린자유대학교 캠퍼스는 내가 혼자 사는 집에서 대중교통으로 한 시간 거리에 있었고, 하교 후 나는 철저히 혼자였다. 학교를 가도 상황은 마찬가지로, 함께 대화를 나누거나 밥을 먹을 친구는 아무도 없었다. 당연히 도움이나 정보가 필요할 때 물어볼 친구도 없었기에, 문제가 생기거나 하면 모든 정보는 인터넷에서 찾아야 했다. 하지만 독어는 영어만큼 편하지 않았기 때문에, 스스로 해결책을 찾는 과정은 항상 오랜 시간이 소요됐다. 그리고 그 시간 동안 나는 점점 더 외로워졌다.

언어의 장벽은 외로움과 함께 찾아온 무력감의 원인이기도 했다. 나는 여섯 살 때 잠시 미국에서 살았기 때문에, 영어를 배울 때는 딱히 언어의 장벽을 느끼지 못했다. 하지만 독어는 그야말로 넘을 수 없는 장벽이었다. 성인이 되고 나서 새로운 언어를 배우는 일은 정말 쉽지 않은 것 같다. 컬럼비아대에서 독어를 배우며, 독어로 철학을 공부하는 내 모습을 상상할 때는 분명 멋지고 근사했는데, 현실은 전혀 달랐다.

독어로 적힌 철학적인 글을 읽고 이해한 후 생각을 정리해 독어로 글을 쓰는 과정은, 마치 뇌가 튀겨지고 온 세상이 거꾸로 뒤집히는 것처럼 정신 없고 어려웠다. 그럼에도 학업의 목적으로 독어를 읽고 쓰는 것은 감당할 수 있는 수준이었다. 길거리에서 듣고 말하는 것은 아예 감당 불가. 낮에는 독어로 철학적 담론을 나누고, 밤에는 술집에서 독어로 농담을 주고받는 내 모습을 기대했지만⋯ 학교에서는 꿀 먹은 벙어리처럼 가만히 있었고, 술집에서는 영어로만 대화했다. 항상 자신감이 넘치던 나는 언어의 장벽 앞에서 주눅 든 채 사람들 앞에서 고개도 들지 못하는 일이 잦아졌다.

그때부터였다. 집에서 혼자 술을 마시기 시작한 것은. 하루 종일 긴장한 탓에 한껏 예민해진 내 몸과 마음을 단시간에 푸는 방법은 술이었고, 처음에는 와인 한 잔이었던 것이 어느덧 두 잔이 되고, 두 잔이 반 병, 반 병이 한 병으로 느는 데는 그리 오랜 시간이 걸리지 않았다. 마시는 양이 늘면서 필름이 끊기는 일도 잦아졌다. 전날 분명 샤워한 기억이 없는데도 아침에 일어나니 머리에서 샴푸 냄새가 날 때도 있었고, 분명 한 병만 마시고 잤다고 생각했는데 잠에서 깨 보니 와인 두 병이 뒹굴고 있을 때도 있었다. 잔뜩 취해서 뉴욕에 있는 친구와 스카이프를 하다가 펑펑 운 적도 있다.

외로웠기 때문에 술을 친구로 삼았고, 다른 사람들 앞에서는 주눅 들었기 때문에 집에서 혼자 마셨다. 머릿속에서 멈추지 않는 소음을 잠재우기 위해, 맨정신으로는 초라하고 무기력한 나를 견딜 수 없어서, 술을 마셨다. 그나마 다행인 것은 당시에는 간이 튼튼했던 관계로 다음 날 숙취가 없었다는 점이다. 덕분에 학업이나 생활에 지장을 초래하지는 않았다.

◆◆◆

그렇게 시간은 흘러 흘러 어느덧 힘겨운 겨울이 지나고 날씨가 풀리자, 다행히 나의 스트레스도 조금씩 나아지기 시작했다. 몇 개월간의 독일 생활을 통해 독어 실력이 조금 향상한 덕분이기도 했지만, 그보다는 현실을 인정하고 타협한 덕분이었다. 최선이 최상이라는 믿음으로 학업에 임했고, 독어 향상의 목적보다는 대화의 즐거움에 초점을 맞추며 사람을 만나다 보니, 부담감도 스트레스도 덜 수 있었다. 무엇보다 마음이 잘 맞는 친구들을 만나게 되면서 외로움도 점차 잦아들었다.

덕분에 남은 기간을 혼자 대신 여럿이, 무력함 대신 활력으로 채워, 즐겁고 보람차게 보낼 수 있었다. 어느덧 교환학생이 끝나고 다시 뉴욕으로 돌아가기 위해 집을 비울 때, 부엌 선반 위에 차곡차곡 쌓아 놓은 와인 병들을 치웠다. 혼자 마셨던 술의 양이 얼마나 많았는지, 커다란 가방에 병을 가득 담아 네다섯 번은 왔다 갔다 한 것 같다. 최소한 백 병은 아니었을까. 이 백 병만큼의 외로움과 무력감을 베를린의 어느 건물 재활용 코너에 함께 놓고 왔다. 하지만 혼자 술을 마시는 습관까지 버리지는 못했던 모양이다. 뉴욕으로 돌아온 후 나는 다시 혼자 술을 마시기 시작했다.

앞서 말했듯 독일 생활을 정리하고 일 년 만에 찾은 뉴욕은 충격 그 자체였다. 무책임한 환경 의식과 과소비 문화가 한심하게 보였고, 자본주의로 들끓는 뉴욕에서 나는 굉장한 이질감을 느꼈다. 인구밀도 높은 도심에서 수다스러운 미국인들이 하는 모든 말이 생각과 깊이가 없는 것처럼 들렸다. 규제가 많은 뉴욕에서는 경계 없는 어른들의 놀이터 같은 건 찾아볼 수 없었고, 나의 집 앞에는 더 이상 나의 자전거가 서 있지 않았다. 불쾌하고 서비스 질이 낮은 대중교통을 이용하기 위해 지불하는 120불이 넘는 금액이 부당하게 느껴졌다. 대학교 친구들을 만나도 이전과 같은 교집합은 느낄 수 없었다.

역-문화 충격으로 인해 나의 삶은 전반적으로 불행해졌다. 그 누구의 말도 듣고 싶지 않았고, 나 역시 아무 말도 하고 싶지 않았다. 나날이 현실이 버거워지면서 나는 또다시 혼자 술을 마시기 시작했다. 수업을 빠지는 날이 많아졌고, 그런 날은 맨해튼 중심지에서 한 시간 정도 떨어져 있는 자췻집에 홀로 처박혀 있었다.

필름이 자주 끊겼고, 물건을 자꾸 잃어버렸다. 그럴수록 내 자신을 책망하게 되었고, 내가 싫고 미워서, 그게 견딜 수 없어서 또 술을 마셨다. 그렇게 악순환이 반복되었다.

◆◆◆

2014년, 아직도 그날이 생생히 기억난다. 스트레스와 자기혐오에 빠져 뉴욕에서 허우적대던 내가 기어코 폭발하고 만 날. 그날은 대학 친구 애너벨라(Annabella), 애너벨라의 어머니와 함께 저녁 식사를 하기로 한 9월 26일 금요일이었다. 약속 장소는 블루 리본 스시(Blue Ribbon Sushi)라는 고급 일식당이었고, 나는 맛있는 식사를 얻어먹을 생각에 평소보다는 덜 불행한 상태로 집을 나섰다.

　　지하철을 타고 목적지 근처 역에 도착하니 약속 시간인 7시가 몇 분 남지 않은 시각이었다. 역에서 식당까지는 도보로 십 분 거리였기에, 급한 마음에 택시를 탔다. 그런데 식당에 도착해 택시비를 내려고 보니, 주머니에 지갑이 없어진 것이다. 놀라고 당황해 완전히 패닉 상태가 되어 버린 내가 불쌍해 보였는지, 택시 기사님은 어차피 4불밖에 나오지 않았으니 괜찮다고 하셨다. 창피하고 죄송한 마음에 감사 인사도 제대로 하지 못한 채 내렸고, 서둘러 식당에 들어갔다.

　　그런데 아무리 찾아도 애너벨라와 어머니가 보이지 않았다. 예약자 명단에도 두 사람의 이름이 없었다. 전화를 하려고 휴대폰(그 당시 나는 벽돌폰을 사용했다.)를 꺼내니 배터리가 없어 전원이 꺼져 있었다. 당황한 나를 본 식당 주인은 2호점이 있는데, 혹시 거기서 만나기로 한 것이 아니냐고 물어봤다. 맨해튼 반대편에 있는 2호점은 도보 이십 분 거리였다. 그때라도 서둘러 2호점으로 가야 했지만, 이성을 상실한 나는 제대로 된 판단을 내리기 불가한 상태였다. 학교 캠퍼스와 집 모두 10킬로미터나 떨어져 있었고, 지갑이 없어서 택시나 지하철을 탈 수도 없었고, 휴대폰이 꺼져 그 누구에게도 연락할 방법이 없었다.

넋이 나간 채 정처 없이 길을 걷다가, 문득 가방에 맥북이 있다는 사실이 떠올랐다. 와이파이가 무료로 제공되는 곳만 찾는다면 누군가에게 연락해 도움을 청할 수 있었다. 여기저기 헤매다가 발견한 스타벅스에 들어갔지만, 점원은 문을 닫을 시간이라며 나가 달라고 했다. 아주 잠시만 와이파이를 사용할 수 없겠냐고 거의 구걸하듯 부탁했지만 거절당했다. 다행히 길 건너편에 위치한 바에서 와이파이 사용을 허락받았고, 테라스 의자에 앉아 페이스북 메신저를 켰다. 여러 명의 친구에게 메시지를 보낸 뒤, 부모님과 페이스타임을 했다.

부모님 얼굴을 본 순간, 갑자기 울음이 터졌다. 어떻게 해 볼 사이도 없이 울음은 대성통곡으로 변했고, 나는 한참을 정신 나간 사람처럼 큰 소리로 서럽게 울었다. 그제야 깨달았다. 나는 뉴욕에서 남은 일 년의 대학 생활을 보낼 수 있는 상태가 아니라는 것을.

◆◆◆

결국 나는 베를린에서 뉴욕으로 돌아온 지 한 달도 되지 않아 병가 휴학을 하게 되었다. 병명은 우울증과 알코올의존증이었다. 건강 회복을 위해 가족이 있는 서울로 왔지만, 내게 서울은 뉴욕보다 낯선 곳이었다. 떠난 지 오래였기 때문에 가까운 친구도 없었고, 칠 년 만에 다시 함께하는 부모님과의 생활은 불편하기만 했다. 우울증과 혼자 술을 마시는 습관이 쉽게 고쳐질 환경이 아니었다. 휴학 사유가 병가였기에 서울아산병원 정신건강의학과를 방문하게 되었지만, 호전될 기미는 좀처럼 보이지 않았다. 졸지에 치료를 받는 알코올의존자가 되어 버린 스스로가 한심할 뿐, 혼자 술을 마시고 싶은 마음이 사라지지는 않았다. 아니, 그런 스스로가 비참하고 초라해서 더욱 술이 생각났다.

휴학 후 서울에서 보낸 사 개월은 지옥 그 자체였다. 눈을 뜨는 순간부터 잠들기 전까지 내내 불행했다. 살아 숨 쉬는 것 자체가 괴로웠다. 부모님의 근심 어린 시선조차 부담으로 느껴져, 아침에 일어나면 바로 집 근처 카페로 향했다. 술에 대한 욕구를 참지 못해, 편의점에서 산 매화수 한 병을 플라스틱 컵에 담아 카페에서 마시기도 했다. 술 냄새를 풍기며 집으로 돌아가면 부모님은 무척 가슴 아파하셨다. 내가 너를 어떻게 키웠는데 이렇게 되었냐며, 엄마는 여러 번 목 놓아 울었다.

결단이 필요했다. 나는 지금의 나로부터 벗어나야 했다. 그러려면 내가 인지하고 있는 모든 것으로부터 떠나야만 했다. 하지

만 부모님이 여행은 허락하지 않았기에, 아무리 생각해도 답은 가
출뿐이었다.

7박 8일간의 가출

한시라도 빨리 집으로부터, 망가진 나로부터 도망치고 싶었지만, 그렇다고 진짜 가출을 감행해 안 그래도 시름에 빠진 부모님께 더 큰 걱정을 안겨 드릴 수는 없었다. 대신 내가 택한 것은 '출가'였다. 2015년 2월, 나는 월정사 청년마음출가학교에 갔다.

월정사로 향한 이유는 크게 두 가지였다. 첫째는 진광스님과의 인연이었다. 휴학 후 매우 불행한 나날을 보내던 어느 날, 부모님은 절에 가서 하룻밤을 보내고 오자고 제안했다. 아빠와 친분이 있던 진광스님의 추천으로, 2014년 10월 31일 부모님과 나는 서울 은평구에 자리한 진관사를 찾았다. 그때 진광스님도 진관사에 방문하셔서 잠시 이야기를 나누게 되었는데, 아주 짧은 만남이었지만 굉장히 강렬한 경험이었다. 말로 설명할 수 없는 긍정적인 에너지가 채워지는 기분이었다고 할까. 이후 진광스님은 나를

'우리 연이'라고 부르시며, 혹시라도 도움이 필요하거나 함께 밥이라도 먹고 싶으면 언제든 연락하라고 하셨다. 가출을 고민하던 무렵, 진광스님의 그 말씀이 생각났던 것이다.

또 다른 이유는 대학 친구 해민이의 단기출가 경험담이었다. 해민이는 휴학 후 심신이 지치고 마음이 소란스럽던 시기, 강원도 오대산 월정사의 단기출가 프로그램을 통해 한 달간 수행한 것이 큰 도움이 되었다고 했다. 여행도 안 되고 가출은 더더욱 안 되니, 답은 '출가'라는 생각이 들었다. 당시 내 휴대폰에 저장된 스님의 연락처는 진광스님의 번호가 유일했고(지금은 열네 분의 스님 번호가 저장돼 있다는 점을 자랑하고 싶다.), 나는 스님께 전화를 걸어 단기출가에 대해 상의했다. 스님은 단기출가학교는 생각보다 무척 힘들다며, 대신 청년마음출가학교를 추천해 주셨다. 청년마음출가학교는 7박 8일간 진행되며, 일반적인 템플스테이와는 달리 엄격한 규율과 일정이 갖춰진 프로그램이었다. 생각보다 기간이 짧긴 했지만 어쨌든 지금의 상황에서 당장 벗어나는 것이 목표였으므로, 스님의 제안을 따르기로 했다.

얼마 후 월정사 홈페이지에 들어가 청년마음출가학교에 지원했다. 이 글을 쓰다가 문득 궁금해져 당시 작성한 지원서를 찾아 읽어 봤다. 손발이 오그라들 거라 예상하고 파일을 열었는데, 다행히도 그렇지는 않았다. 그저 과거의 나를 가만히 토닥여 주고 싶은 마음이 들었을 뿐. 그때 나는 스스로를 이렇게 소개하고 있었다.

배움이 재미있다는 이유 하나만으로 입속으로 집어넣은
잡동사니를 소화시키지 않고 앞을 보고 달리기만 하다가
소화불량으로 몸과 마음이 터져 버렸습니다. 사실 '달린
것'도 아닙니다. 아직 혼자만의 힘으로 근육을 제대로
사용하지 못해 걷지도 못하는, 앞길을 잡지 못하는
갓난아기입니다. 이 사실을 인지함으로 인해 손톱만큼은
성장했다고 믿고 있지만, 물론 믿음일 뿐 사실인지는
잘 모르겠습니다.

공부를 제대로 하지 않아 아는 것은 별로 없으나, 제가
세상을 바라보는 관점이 불교가 지향하는 생각들과 많이
다르지 않다고 생각합니다. 연결되지 않고 쓸데없어
보이는 생각들을 정리하고 싶고, 왜 욕심은 버리는 게 좋고,
왜 동물들을 존경해야 하고, 몸과 마음을 정화시킨다는 게
무슨 의미일지 배워 보고 싶습니다.

(중략)

제가 원하는 삶은, 자신이 원하는 것을 아는 삶입니다.
쇼펜하우어는 개인의 의지만큼 확실하고 강한 것은 없다고
말했습니다. 찾기 쉬울 것 같으면서도 찾아내고 이해하기
가장 힘든 것이 의지라고 생각합니다. 당연히 우리가
어떠한 결정을 내리고 행동으로 실천할 때, 이 행동은
우리가 가지고 있는 의지의 결과입니다. 하지만 대부분의
경우에 그 결과의 이유를 묻지 않아 자신이 원하는 게

뭔지, 왜 어떠한 결정을 내렸는지에 대해 생각을 하지 않고 넘겨 버리는 게 많은 것 같습니다. 저도 매일매일 저의 의지에 따라 결정을 하고 행동을 하며 살고 있지만, 이 한쪽 방향만을 가리키는 나침반을 들고 있는 당사자로서도 도대체 제 의지의 나침반이 가리키는 방향이 어디인지 보이지가 않습니다.

신청 후 얼마 지나지 않아 월정사 청년마음출가학교 입학 안내문을 받았다. 준비물, 지참 불가한 소지품, 입교 일정 등이 자세히 적혀 있었다. 그리고 수행 기간 동안 외부와 일절 연락할 수 없다는 점과 모든 수행 일정은 묵언을 원칙으로 진행된다는 점이 강조돼 있었다.

준비물 중 인상적인 것은 방한 용품과 등산화, 변비약이었다. 오대산은 겨우내 영하 10도를 밑도는 날씨가 이어지기 때문에 방한 용품이 필수였고, 등산화는 산행을 위해서 필요했다. 변비약을 지참해야 하는 이유는 갑자기 육류, 유제품 등 동물성 재료가 완전히 배제된 식단으로 식사를 하다 보면 변비에 걸리는 경우가 많아서였다. 또 그 어떤 전자 기기도 가지고 들어갈 수 없으므로, 시간 확인을 위해 손목시계도 꼭 준비하라고 돼 있었다. 생필품으로는 향이 없는 스킨이나 로션만 허용되었고, 머리 고무줄과 실핀은 검은색만 허용, 머리가 긴 사람은 머리망을 준비해야 했다. 안내문만 봐도 프로그램이 얼마나 엄격하게 진행될지 짐작

할 수 있었다.

◆◆◆

2015년 2월 4일 수요일 아침, 모든 준비를 마치고 집을 나섰다. 마침내 떠난다는 생각에 신이 나지는 않았다. 수행하며 고생할 생각에 걱정되지도 않았다. 나는 아무런 생각 없이 그저 무덤덤한 표정으로 남부터미널로 향했고, 버스에 몸을 실었다. 그리고 약 세 시간 뒤 월정사에 도착했다.

안내에 따라 오십 명의 수행자가 모이자, 봉사자들이 행자복과 법명이 적힌 명찰을 나눠 주었다. 여행자는 주황색, 남행자는 갈색 행자복이었다. 법명이 이미 있는 사람들을 제외하고, 나머지는 혜일, 혜월, 혜본, 혜조, 혜심 등 '혜' 자 돌림의 법명을 받았다. 내 법명은 혜정이었고, 월정사에서 지낸 기간 동안 나는 '혜정 행자'로 호명되었다. 이어서 받은 수행 일정표에는 새벽 4시부터 밤 9시 30분까지의 일정이 적혀 있었는데, 새벽 예불, 108배, 다양한 형태의 명상, 강의, 오대산 북대 등산, 중대 적멸보궁 참배, 전나무 숲길 삼보일배 등의 활동으로 빼곡하게 차 있었다.

일정표를 보며 매일 새벽 3시 45분 기상이 가능할까 싶었는데, 실제로 이른 아침 일정이 가장 힘들었다. 간신히 정신을 차리고 새벽 예불을 위해 나서면 눈이 가득한 산속 새벽의 아름다움이 우리를 반겼지만, 혹독하게 추운 날씨 때문에 그 아름다움을 온전히 느끼기 힘들었다. 행자 모두가 함께 이동했는데, 차수(두 손을 어긋매껴 아랫배 위에 가지런히)를 한 채 정해진 순서에 따라 일렬로 다녀야 했다.

새벽 예불이 진행되는 적광전은 난방이 되지 않았다. 영하 10도를 밑도는 날씨에 차디찬 적광전 마룻바닥에서 양말만 신고 절을 하다 보면 발가락에 감각이 사라질 정도였다. 그래서 나는 새벽 예불을 갈 때에 양말을 네 겹씩 신곤 했다. 뼈가 시려 오는 추위와 싸우며 예불을 마치고 행자들이 생활하는 문수선원으로 돌아오면 새벽 4시 30분이었고, 바로 '108 참회 기도문'을 외우며 다 함께 절을 108번 했다. 삼 일이 지나자 행자들은 십 분 남짓의 달콤한 휴식 시간에 모두 뜨뜻한 바닥에 누워 아픈 허벅지와 다리를 주무르곤 했다. 공양(절에서 하는 식사)은 하루에 세 번으로, 아침은 7시, 점심은 11시, 저녁은 5시 20분이었다. 시간이 되면 공양간에 가서 차례로 밥을 받은 뒤 마지막 행자가 자리에 앉을 때까지 기다렸고, 공양을 시작하기 전에는 다 함께 손을 모으고 '오관게'를 외웠다.

"이 음식이 어디서 왔는가, 내 덕행으로 받기가 부끄럽네, 마음에 온갖 욕심 버리고, 육신을 지탱하는 약으로 알아, 도업을 이루고자 이 공양을 받습니다."

매일 저녁 공양 이후에는 조별로 나누어 사찰 내 구석구석을 청소했다. 포행(산책)도 거의 매일 했는데, 모두 차수를 한 채 스님 뒤를 졸졸 따라 걸었다. 2월의 오대산은 눈으로 가득했기 때문에, 미끄러지지 않도록 조심조심 걸어야 했다. 그러다 보니 눈은 바닥에 고정, 흰 눈으로 뒤덮인 아름다운 경치를 감상할 여유는 없었다. 그래도 한 발 한 발을 정성스레 내딛는 과정에 집중하다 보면 내 안의 잡념이 사라지는 기분이었다. 그리고 한 번씩 고개를 들어 잠시 마주하는 경치는, 작은 것에라도 열중한 내게 주어지는 선물 같았다.

또 하나의 잊기 어려운 일정은 '전나무 숲길 삼보일배'다. 양쪽에 평균 팔십 년 이상 된 전나무가 늘어서 있는 전나무 숲길은 금강교에서 일주문까지 이어진 약 1킬로미터의 길이었다. 이 길을 세 걸음 후 절 한 번, 세 걸음 후 절 한 번을 반복하면서 걸은 것이다. 나는 궁금한 마음에 총 몇 번을 절하는지 세 보았는데, 최소 500번은 절했던 것으로 기억한다. 두툼한 장갑과 무릎 패드가 제공되긴 했지만, 당연히 손이 시리고 무릎이 아플 수밖에 없었다. 그런데 그 고통이 싫지 않았다. 내가 그만큼 열심히 했다는 증거라고 생각됐기 때문이다.

마지막 날 오후에는 다 함께 모여 연꽃 등을 만들고, 저녁 때 소원을 빌며 연등을 나누었다. 그리고 월정사에서 수행자로서 맞이하는 마지막 밤은 '별빛포행'으로 마무리되었다. '별빛포행'은 한밤중(월정사 기준 한밤중은 저녁 8시다.) 월정사에서 도보 이삼십 분 거리에 있는 한적한 공터로 가는 산책이다. 가는 길이 어찌나 어두웠는지, 행자 모두 앞사람 어깨를 잡고 스님들만 따라 걸었던 기억이 난다. 도착한 공터는 새카맸지만, 하늘은 그토록 밝을 수가 없었다. 밤하늘에는 마치 소금 포대가 터진 듯 수많은 별

101

조각들이 빛을 발하고 있었고, 우리 모두는 눈밭에 누워 별빛을 만끽했다.

♦♦♦

월정사를 다녀오고 180도 바뀐 나의 표정을 본 부모님은 도대체 거서 무엇을 했기에 달라졌냐고 물어봤지만, 나는 명쾌하게 답하지 못했다.

"뭐… 그냥 절하고 청소했지!"

월정사에서의 경험은 논리적으로 설명할 수도, 말로 표현할 수도 없었다. 하지만 그 시간 동안 정신적 치유가 이루어진 것은 물론, 가슴이 희망과 기대로 울렁이는 변화가 찾아온 것만은 분명했다. 나에게 일어난 거대한 변화가 베를린에서는 일 년이 걸렸다면, 강원도에서는 팔 일이 걸린 것이다. 일 년 반 동안 독일, 미국, 한국을 이동하며 지나치게 많아진 생각 때문에 생겼던 거대한 상처는, 2015년 겨울 월정사에서 비로소 아물었다.

어떻게 그 상처들이 고작 팔 일 만에 치유될 수 있었는지, 나로서도 신기할 따름이다. 이 '팔 일의 기적'을 좀 더 제대로 이해해 보고자, 네 가지 렌즈(four lenses) 접근법을 사용해 보려고 한다. 네 가지 렌즈는 사람의 경험을 정의하는 네 요소, 즉 사람(당사자, 주변인, 수혜자 등), 활동, 환경(장소, 시간, 상황, 콘텍스트 등), 도구(수단, 물건 등)를 뜻한다.

사람	박연, 스님, 행자, 봉사자
활동	예불·108배·청소·공양 등 단체 활동, 수행·명상 등 개인 활동
환경	사찰, 월정사, 산속, 오대산, 겨울, 2월
도구	나 자신

    청년마음출가학교 경험의 사람, 활동, 환경은 명확한데, 도구는 조금 특별하다. 출가의 특성상 물질적인 도구가 최소화됐기 때문에, 이 경험에서는 별다른 도구가 없다. 하지만 그래서 바로 '나 자신'이 이 경험에 가장 기본적이고 중요했던 도구가 아니었나 싶다. 여하튼 월정사에서의 경험은 모두 일상에서는 쉽게 접하기 힘든 것들로 구성되었다. 그렇기에 그 경험이 가져온 효과가 쉽게 예상할 수 없을 만큼 커다란 것이었는지도 모르겠다. 월정사에서 나는 다른 사람들을 통해 나의 고통을 객관화할 수 있었고, 여러 활동을 통해 몸이 바빠지면서 마음을 쉬게 할 수 있었고, 새로운 환경을 통해 늘 곁에 있어 깨닫지 못했던 것들의 소중함을 인지할 수 있었다. 무엇보다 경험에 사용된 주된 도구가 나 자신이었기에, 궁극적으로 자기 성찰을 할 수 있는 기회를 얻었다. 네 가지 렌즈로 보니 이 경험의 의미가 더욱 분명하게 다가온다.

    처음 월정사에 도착한 날 진행된 '서로 알기' 시간을 아직도 잊을 수 없다. 여행자 서른세 명, 남행자 열일곱 명, 총 오십 명의 수행자가 문수선원에 둥그렇게 모여 앉아, 한 명씩 자신을 소개하며 월정사에 오게 된 사연을 이야기하는 시간이었다. 베를린에서도 무척 다양한 사람들을 만났지만, 문수선원에서 만난 행자들 역시 정말 각양각색의 사람들이었다. 불교과 학부생, 조형대생, 대학 진학 대신 요리의 길로 들어선 친구, 담배 대기업에서 퇴사한 사람, 이혼한 사람, 정치 운동을 하다가 구치소에 들어간 적이 있는 사람, 사업에 실패한 사람… 왜 월정사에 왔는지 설명하는 과정에서 울음을 터뜨린 행자도 두세 명 있었다.

이전까지 세상 모든 고통과 아픔을 나 혼자 안고 있는 듯이 절망했는데, 그 많은 사람들이 각자의 상처를 감당하고 있었다. 다른 사람도 아프다는 사실에 위안을 받은 것이 아니다. 내가 세상의 중심에 서 있는 게 아니라는 뼈저린 자각을 했을 뿐이다. 다시 말해 세상 모든 고통과 아픔이 주어질 만큼 내가 세상에서 그렇게 중요한 비중을 차지하는 사람이 아니라는 깨달음을 얻은 것이다. 그러자 '세상이 내게만 너무 가혹하다'는 억울함과 분노가 조금은 수그러들었다. 무엇보다 각자의 고난과 역경을 겪고 있는 사람들의 이야기를 들으며, 한 걸음 뒤로 물러서 나 자신을 바라볼 수 있었다. 나 자신과 스트레스에 대한 객관화, 그것은 아주 중요하고 의미 있는 경험이었다.

월정사에서 치유될 수 있었던 또 하나의 이유는 몸이 바빴기 때문이다. 몸이 분주하면 분주할수록 머리와 마음은 쉴 수 있다는 사실을 이때 알았다. 베를린에서 시간을 보낸 이후 여러모로 생각이 많아졌던 나는 정신적 에너지 소모가 굉장히 컸다. 그런데 월정사에서 절, 청소 등 단순 신체 노동에 집중하다 보면 머릿속에 아무런 생각이 떠오르지 않았다. 단순노동과 단체 생활이 여러 걱정과 상념, 고민으로 지저분해진 머릿속과 마음속을 비우는 데 큰 도움을 준 것이다.

마지막으로, 사소한 것의 소중함을 발견한 경험 역시 치유에 도움이 되었다. 월정사 입학 당시 우리는 많은 것을 포기해야했다. 편의점에서 군것질거리를 사 먹을 수도, 심심함을 달래고자 친구에게 전화할 수도, 끝내주는 경치를 화면에 담을 수도, 인스타를 확인할 수도 없었다. 유학을 떠나면서 오랜 시간 내 마음대로 살아왔던 나에게 특히나 아주 생소하고 신기한 환경이었다. 당연히 많이 불편했지만, 그 불편함이 불쾌하기보단 새롭고 놀라웠다. 그러던 어느 날, 월정사에서 수행을 시작한 지 나흘 정도 됐을때였다. 저녁 시간 조별로 스님과 차담을 하는 시간에 예상치 못한 선물을 받게 됐다. 바로 커피믹스였다. 평상시에는 잘 마시지도 않던 것인데, 오랜만에 접하는 인스턴트의 맛이 그렇게 맛있을 수 없었다.

'아, 사 일밖에 지나지 않았는데, 속세의 것이 이렇게 달콤하다니!'

수행 기간 후반부에는 이전까지 주어지지 않았던 사과 조각이 공양 시간에 제공됐는데, 처음 사과 조각을 받았을 때 행자 모두 희열을 느끼며 환호했던 기억이 난다. 스님이 "쉿! 묵언!"이라고 주의를 주셔서 바로 입을 닫았지만, 다들 입가에서 미소가 떠나지 않았다. 많은 것들이 결핍된 환경에 있다 보니, 늘 옆에 있어 소중함을 몰랐던 작고 사소한 것들에 대해 고마움을 느낄 수 있었다. 그것은 내 일상에 대한 소중함을 깨닫는 계기로 이어졌고 말이다. 사소한 것의 소중함을 느끼는 긍정적 에너지가 서울로 돌아온 이후에도 그대로 유지되지는 못했지만, 그 에너지가 다시 즐겁고 건강한 생활을 할 수 있도록 도와주는 디딤돌의 역할을 한 것만은 분명하다.

◆◆◆

월정사에서 보낸 시간은 결국 마음을 청소하는 시간이었다. 월정사에 가기 전 나의 상태는 마치 잡동사니로 가득 찬 방과 같았다. 머릿속을 떠도는 수많은 정보와 생각은 길거리에서 주워 온 물건과 같았다. 외국에서 생활하며 보고 들은 것 모두를 머릿속 방에 넣어 두다 보니, 나중에는 쌓아 둔 물건이 너무 많아서 앉을 자리도, 잠을 잘 공간도 없었다. 그리고 미국에서 서울로 돌아왔을 때는 물건이 지나치게 많이 쌓여, 방에 있는 유일한 창문마저 보이지 않게 된 상황이었다.

월정사에서 나는 모든 것을 버렸다. 더럽던 방을 청소하며 머리와 마음을 비울 수 있었다. 나만의 엄격한 기준으로 필요한 것만 남기고, 대부분의 물건은 버렸다. 바닥을 청소하고, 먼지를 털고, 창문도 열었다. 조금이나마 남아 있는 물건은 깨끗하게 정리했다. 그렇게 나는 수년간 때가 탄, 어마어마한 물건들이 가득 찬 방을 청소할 수 있었다. 이후로 내 마음의 방이 지저분해지기 시작하면 나는 늘 절에 간다. 그리고 나에게 필요한 치유를 받고 속세로 돌아온다.

나주리, 정누리와 함께한
서울의 재발견

2015년은 나에게 아주 유의미한 해다. 두 차례나 구제를 받은 해라고 생각하기 때문이다. 첫 번째 구제는 앞서 말했던 월정사에서 이루어졌다. 정말이지 월정사에서 서울로 돌아온 뒤 한동안은 긍정적인 에너지가 가득했다. 하지만 하루하루 생활하다 보니 그 에너지도 조금씩 사라질 수밖에 없었는데, 다행히 나는 운이 좋았다. 속가로 돌아온 직후, 서울에서 맺은 특별한 인연 덕분에 월정사에서 치유된 상태가 나름 유지될 수 있었던 것이다. 나에게 친숙하지 않던 한국과 서울에 연착륙할 수 있도록 구제해 준 중생이 두 명 있는데, 나주리와 정누리라는 친구다.

　　주리와 누리는 나의 편견을 깨 준 친구들이다. 사실 나는 오랜 해외 생활로 인해 한국과 서울에 대한 편견이 많았다. 서울 사람들은 귀엽게 사진을 찍고 싶어 하고, 유행에 민감하고, 혼자 밥

먹는 것을 싫어하고, 끝없이 타인의 시선을 의식한다고 생각했었다. 내가 뉴욕과 베를린에 살며 개발한 취미와 취향을 공유할 친구는 서울에 없을 것이라는 건방진 생각을 해 왔다. 또 서울에는 내 기준에서 재미있는 장소나 공간이 많지 않을 거라고 단정했다. 그런데 주리와 누리는 이런 편견을 박살 냈다. 서울에서 태어나고 자란 두 친구 덕분에 나는 지금도 상당히 재미있고 만족스러운 서울 생활을 하고 있다. 무엇보다 이 둘을 통해 나는 반대편 풀은 푸른 대로 아름답지만, 내 앞에 있는 조약돌은 또 그 나름대로 아름답다는 사실을 알게 됐다.

◆◆◆

먼저, 월정사에서 만난 혜심 행자(주리는 아직도 내 휴대폰에 '혜심주리'라고 저장돼 있다.) 주리의 이야기다. 혜심 행자는 월정사에서 단연 눈에 띄었다. 유일한 탈색 머리였기 때문이다. 은빛과 연보라 빛이 섞인 그녀의 머리는 내가 베를린에서 했던 머리색과 아주 흡사했다. 두피가 불타듯 아프지만 수차례에 걸쳐 탈색하며 은빛을 유지하려고 노력하던 시기가 떠오르며, 과거 나의 고통과 노력을 공유하는 동지로 보였다. 그리고 월정사에서 보낸 첫날 밤, '서로 알기'를 통해 주리가 도예와 조형예술을 공부하는, 즉 흙을 만지고 그림을 그리는 친구라는 사실을 알게 됐다. 손을 이용해 무언가를 만들고 그리는 작업을 좋아하는 나로서는, 그녀가 다시 한번 동지로 느껴졌다.

하지만 결정적인 교집합은 살던 동네였다. 휴식 시간에 소곤소곤 수다를 떠는데, 알고 보니 주리도 중계동 은행사거리 근처에 살았다는 것이 아닌가. 중계동, 그것도 은행사거리를 아는 사람을 만나다니, 그토록 반가울 수가 없었다. 아마 모든 것이 생소한 월정사였기에 더욱 반가움이 컸을 것이다. 이야기가 중학교 때 자주 사 먹던 '돌돌이 핫도그'와 '황가네 호떡집'에 다다랐을 땐, 우린 정말 이산가족 상봉이라도 한 듯 얼싸 안으며 좋아했다. 그때 느낀 천생연분의 예감은 사실로 드러났다. 우리는 월정사를 떠난 이후에도 연락을 취했고, 둘도 없을 사이가 되었다.

주리는 '서울에는 나랑 제일 잘 맞는, 나를 끝없이 웃게 해 주는 친구는 없을 거야'라는 편견을 보란 듯이 깨 주었다. 처음부터 주리는 나와 동일한 사람이라고 해도 될 정도로 비슷했다. 옷 스타일을 포함한 미적 감각, 베를린에서 즐겨 듣던 음악 취향, 거침없는 성격, 태도, 말버릇, 그리고 건조하고 엽기적인 유머 감각까지 모두. 게다가 절에 다니는 것을 좋아하는 친구라니. 요즘도 우리는 서로가 숨겨져 있던 쌍둥이가 아니냐는 농담을 하는데, 이런 주리가 나에게 주는 영향은 아주 단순하다. 나를 행복하게 해 준다는 것.

다음은 선견지명을 가진 서울 예술 신(scene)의 내부자, 누리의 이야기다. 누리는 내가 베를린에서 놀다가 만난 마리누스(Marinus)라는 친구를 통해 소개받았다. 마리누스는 네덜란드 헤이그 왕립 예술학교의 시각디자인 학부생으로, 2014년 베를린에서 나와 친분을 쌓게 되었다. 마리누스와 누리는 2012년 누리가 헤이그 왕립 예술학교에서 교환학생으로 공부할 때 서로 알게 됐는데, 내가 서울에 딱히 친한 친구가 없다는 사실을 알던 마리누스가 누리를 소개해 준 것이다.

월정사를 다녀온 직후 누리와 안국역 주변에서 만나기로 약속을 잡았다. 조금 일찍 도착한 누리에게 근처 커피빈에서 기다리겠냐고 했더니, 누리는 커피빈 커피는 비싸다며 맥도널드에서 기다리겠다고 했다. 솔직하고 검소한 구석이 나와 잘 맞을 거라는 예감이 들었다. 맥도널드에서 만난 누리는 페이스북 프로필 사진과 달리 머리가 은빛이었다. 며칠 전에 탈색했다며 '아, 대가리 존나 아파!'라고 하는데, 털털한 성격과 거침없는 말투가 역시나 나와 잘 맞을 친구 같았다. 무엇보다 솔직하고 때로는 거칠게 말하는 모습이 비슷했던 우리는 빠르게 친해졌다.

당시에 누리는 서울에서 공부하고 활동하는 예술 분야의 친구로서, 내게 재미있고 의미 있는 정보를 많이 공유해 주었고, '서울에는 베를린만큼 재미있는 공간들이 없을 거야.'라는 편견을 산산조각 냈다. 대학교 입학 전 유학생들과 놀러 다니던 청담동, 신사동밖에 몰랐던 나를 서울대입구와 대학로, 종로와 을지로, 합정과 상수, 영등포와 문래 등 서울 구석구석으로 이끌었다. 누리가 소개한 한국스럽고 서울스러운 공간들은 하나같이 특별했고, 덕분에 진짜 서울스러운 것이 무엇인지 발견하고 즐길 수 있었다.

우리가 함께 방문한 장소들을 돌아보면, 누리는 분명 선견지명이 있는 친구다. 대중에게 알려지기도 전에 나를 데려간 곳이 여러 군데이기 때문이다. 우선 을지로에 위치한 복합 문화 공간 '신도시'가 있다. 현재는 많이 유명해졌는데, 우리가 이곳을 방문한 건 가게가 막 개업한 2015년이었다. 을지로3가역 근처에 위치한 신도시는 인쇄소와 사무실로 가득 찬 골목의 빌딩 사이에 숨어 있는데, 처음 찾았을 때 곧바로 베를린이 떠올랐다. 더럽고 때가낀 모습이 아름답다는 점에서 그랬고, 알 수 없는 입장 경로도 베를린의 가게들과 비슷했다. 계단을 올라가는 길은 마치 장기 매매의 현장처럼 음산한 분위기를 풍겼고, 입구에 너덜너덜하게 걸려 있는 플라스틱 조각들은 정육점 입구를 연상시켰다. 예스럽고 수상하지만 베를린과는 또 다른 분위기였는데, 뉴욕과 베를린에서 접한 다이브 바(dive bar)의 한국 버전이라고 느껴졌다.

또 한 장소는 이태원 경리단길에 있는 '우리슈퍼'다. 누리에게 우리슈퍼를 소개받은 해 역시 2015년으로, 잡지에 언급되거나 방송에 나오기 전이라 많이 유명하지는 않았다. 아마도 경리단길에 생긴 매그파이, 더부스 등 수제 맥줏집과 경쟁하기 위해 오래된 슈퍼가 수제 맥주를 파는 곳으로 탈바꿈한 것 같다. 실제로 우리슈퍼는 백화점 지하 슈퍼에서 파는 수제 맥주보다 훨씬 많고 다양한 맥주를 자랑한다. 해가 중천에 떠 있을 때도 바깥에 앉아 지나가는 사람들을 구경하며 술을 마실 수 있는 이곳 역시 내 마음에 쏙 들었다. 베를린에서 대낮에 길가나 수로 근처에 앉아 술을 마시던 시절이 떠올랐기 때문이다.

　이외에도 상수역 근처에 있는 복합 문화 공간 '무대륙', 지금은 없어진 영등포 독립 예술 공간 '커먼센터', 경복궁역 인근의 헌책방 '가가린'과 독립 서점 '더북소사이어티', 그 당시에 생긴 지 얼마 안 되었던 '구슬모아당구장' 등 재미있고 서울스러운 공간들을 모두 누리를 통해 알았다.

　주리와 누리, 이 두 친구가 없었다면 2015년 남은 휴학 기간을 서울에서 무사히 보낼 수 없었을 것이다. 대학교 졸업 후 서울로 돌아온 이후에도 역시 마찬가지다. 한국과 서울에 대한 편견을 깨 준 두 친구가 없었더라면, 나는 분명 서울에서 적응하는 데 오랜 시간이 걸렸을 것이다. 이 자리를 빌려 내 오랜 편견의 파괴자, 새로운 발견의 제공자, 넓혀 가는 식견의 동반자인 두 사람에게 고마움을 전하고 싶다.

2장

어떻게 살지는
내가 정해야지!

두 가지 '미'와 완전연소

불교에서 윤회란 중생은 죽어도 다시 태어난다는 의미인데, 해탈한 이의 삶은 흔적 없이 '완전연소'가 된다고 한다. 나 역시 하루하루를 불태워 버린다는 태도로 살아간다. 삶을 태우기 위해서는 불 따위의 에너지, 즉 동력이 필요한데, 이는 필연적으로 삶에서 원하는 것과 상통한다. 시작은 원하는 것을 먼저 아는 일이다.

여섯 살 때 나의 동력은 바비 인형, 토끼 등이었다. 이를 얻기 위해 부모님 말씀을 잘 듣고 착하게 행동했던 기억이 난다. 그러다 초등학생 시기가 끝날 무렵 어렴풋이 깨달았다. 내가 바비 인형이나 반려동물을 원하는 이유가, 이들이 나를 행복하고 즐겁게 해 주기 때문이라는 사실을 말이다. 즉 내가 궁극적으로 바라는 것은 행복이었고, 이 행복은 갖고 싶은 장난감을 소유하는 것, 즐거운 여행을 하는 것, 가족과 화목한 시간을 보내는 것 등을 모두 포함하고 있었다. 이후 나는 누군가에게 소원을 빌 때, 그저 행복하게 해 달라고 말하곤 했다. 그렇게 한동안 내 삶의 목표이자 하루하루를 불태우는 주된 동력은 행복이었다.

고등학교에 입학할 때쯤, 행복을 위해 산다는 것이 조금 막연하게 느껴지기 시작했다. 좀 더 구체적인 목표가 필요하다고 생각했고, 그때부터 '하루에 최소한 다섯 번은 웃기'가 목표 겸 동력이 되었다. 매일 어떻게든 다섯 번은 웃기 위해 노력했고, 이는 곧 하루의 소박한 행복들을 모으는 일이 되었다. 그리고 어느덧 대학생이 된 나는 하루에 최소 다섯 번 웃는 것만으로는 나의 삶을 연소시키기에 불충분하다고 생각하게 됐다. 그러던 어느 날, 친구가 내게 말했다.

세상에는 두 가지의 '미', 재미와 의미가 존재한다고. 재미와 의미의 조합이라니! 인생은 재미만 좇기에는 허탈하고, 의미만 찾기에는 피곤하다. 하지만 재미와 의미를 함께 추구한다면? 이토록 완벽한 삶의 동력은 더 이상 불가능했다. 그때부터 지금까지 나의 삶을 연소시키는 주된 동력은 칠 대 삼의 비율로 조합된 재미와 의미다.

재미와 의미를 찾으며 내 인생은 다채로운 장면들로 가득차게 되었다. 바르셀로나의 어느 술집에서 만난 낯선 사람과의 단십 분간의 대화에서도, 좋아하는 그림을 그리며 준비하는 전시에서도, 재미와 의미가 중요한 이정표였다. 회사 클라이언트에게 적합한 문제해결 방식을 제시하기 위해 아이디어를 발굴할 때도, 쉬는 날 풍물 시장에서 가격을 흥정하며 가구를 고를 때도, 역시 재미와 의미가 작동했다. 환경이 베를린일 때도, 서울일 때도, 월정사일 때도 재미와 의미라는 내 안의 동력은 늘 풀가동되었다.

물론 재미와 의미가 공존하는 경우는 아주 운이 좋을 때이다. 대부분 나는 재미가 있거나, 혹은 의미가 있어서, 무언가를 해왔다. 내가 어떤 일에서 의미를 찾기 위해, 혹은 재미를 추구하기 위해 던지는 질문이 있는데 바로 'Why'와 'Why not'이다. 먼저 삶에 의미를 더해 주는 질문, 'Why'에 대한 이야기부터 시작해 보겠다.

삶에 의미를 더하는 Why

나는 무슨 일이든 '왜(why)'라고 질문하며 답을 찾는 과정을 중요하게 생각한다. 어떤 현상이나 사실을 제대로 이해하기 위해서는 배경, 이유, 원인 등에 대해 생각해 보는 과정이 꼭 필요하기 때문이다. 예를 들어 16세기 종교개혁에 대한 내용을 그냥 습득하기보다는 '왜 종교개혁이 일어났을까?'라는 질문을 통해 답을 찾을 때, 훨씬 깊이 있고 입체적인 지식을 쌓을 수 있다. 대학교 2학년 때는 '철학적 사고의 방법과 문제점(methods and problems of philosophical thought)'이라는 논리철학 수업을 수강하며, '왜'가 갖는 철학적 의미에 대해 공부하기도 했다. 당시 헴펠(C. G. Hempel)과 니체의 이론을 파고들며 고군분투했던 기억이 난다.

하지만 '왜'는 철학에서만 유의미한 질문이 아니다. 사람 중심적 디자인을 하는 회사 컨티뉴 코리아에서 일할 때에도 '왜'

는 아주 중요한 질문이었다. '사람들은 왜 퇴근 후 집에서 홀로 맥주를 마시는가? 무엇을 해소하고자 하는 행동인가?' 사용자에게 최적화된 디자인을 도출하기 위해서는 사람의 행태, 욕구, 필요, 가치 체계에 대한 공부가 필수였고, 이때 중요한 키워드가 되는 질문이 바로 '왜'였다. 또한 일상에서도 나의 판단과 선택, 행동에 대해 '왜'를 물음으로써, 진솔한 독백의 시간을 가지곤 했다.

'왜'라는 질문이 갖는 의미와 힘에 대해 곰곰이 생각해 봤는데, 크게 세 가지로 정리되는 것 같다. 첫째 판단이나 행동의 축을 세우기 위해, 둘째 배우고 알아 가는 과정을 더욱 즐겁게 만들기 위해, 셋째 무언가를 인지하고 존중하기 위해. 하나씩 구체적으로 살펴보자.

◆◆◆

어떤 선택이나 행동을 하기 전 스스로 '왜'를 묻지 않으면, 다른 사람들의 의견을 따라가기 쉽다. 그냥 남들이 좋다고 하는 것, 옳다고 하는 것을 의심 없이 따르는 것이다. 많은 사람들이 보편적으로 내리는 선택 몇 가지를 살펴보면 이렇다.

— 명문대 진학을 위해 고액 컨설팅을 받는다.
— 높은 연봉을 보장해 주는 대기업에 취직하고자 스펙을 쌓는다.
— 삼십 대에 접어들었으니, 결혼에 대한 고민을 시작한다.

이 선택들이 잘못됐다는 말은 아니다. 다만 이런 선택을 내리기까지 '왜'라는 질문을 던졌는지가 궁금할 뿐이다. 생각해 보자. 왜 명문대를 가려고 하는가? 내 관심 분야, 역량과 연결되는 전공이 그곳에 있는가? 아니면 다른 사람들이 모두 인정하는 좋은 대학이니까? 명문대를 졸업하면 취업이 잘되니까? 그렇다면 내 목표는 대기업 취업인가? 왜 대기업 입사가 내 인생에 중요한 것인가? 돈을 잘 벌 수 있으니까? 그렇다면 많은 돈은 나를 행복하게 하는 절대적인 요소인가? 대기업에서 일할 때 장단점은 따져 봤는가? 결혼도 마찬가지다. 왜 대부분의 사람들은 삼십 대가 되면 결혼을 고민하는 걸까? 결혼 적령기란 누가 정한 걸까? 결혼이 갖는 의미는 무엇일까? 나는 정말 결혼을 원하는가? 그렇다면 결혼을 하고 싶은 이유는 무엇인가?

이렇듯 '왜'라는 질문 하나가 꼬리에 꼬리를 물 듯이 여러 질문으로 이어지고, 이 질문들을 통해 우리는 나의 생각과 가치관에 대해 생각하고 이해할 수 있다. 즉 '왜'는 내가 어떤 사람인지, 무엇을 중요하게 생각하고 무엇을 선호하는지 등에 대해 고민하게 하고 알게 하는 질문이다. 이렇게 나에 대해 제대로 알고 나면, 타인의 기준이 아닌 나의 잣대로 판단을 내리고 선택을 하는 일이 가능해지고 말이다.

사실 우리 대부분은 '나'에 대해 잘 알지 못한다. 지금 상대의 기분이 어떤지, 그가 무엇을 좋아하고 무엇을 싫어하는지, 상대가 나에 대해 어떻게 생각하는지에는 많은 관심과 주의를 기울이지만, 정작 스스로에게 그 정도의 에너지를 쏟는 일은 많지 않은 것 같다. 그래서 질문하는 연습이 필요하다. 끊임없이 '왜'라는 질문을 던지며, 내 판단과 선택과 행동의 이유를 파헤쳐야 한다. 그래야 나의 잣대로 판단하고 선택하고 행동하는 일, 즉 내가 인생의 주인공이 되어 주체적으로 살아가는 일이 가능해지기 때문이다. 어떻게 살지는 오직 나만이 정할 수 있고, 나만이 정해야 하는 법! '왜'는 내 인생의 방향을 설정하기 위한 핵심 질문이라고 할 수 있다.

◆◆◆

'왜'라는 물음이 유의미한 또 하나의 이유는, 배우고 알아 가는 과정을 더욱 즐겁게 만들어 주기 때문이다. 나는 중·고등학교 때 소위 '역사 덕후'였는데, 단순히 주요 사실을 암기하기보다 사건의 배경과 원인 등을 파악하며 문맥을 이해함으로써, '공부'가 아닌 '탐구'로 역사를 즐겼던 기억이 난다. 1450년부터 1750년까지의 서양사를 예로 들어 보자. 시간 순서에 따른 주요 개념은 르네상스, 종교개혁, 과학의 발전, 계몽주의, 그리고 대항해의 시작이다. 익혀야 할 정보의 양이 상당하지만, 큰 그림에서 사건의 흐름과 인과관계를 이해하면 기억하기 훨씬 쉽다. 자, 그럼 잠시 시간을 지금으로부터 700여 년 전으로 돌려 보자.

르네상스는 14세기 후반경부터 이탈리아에서 시작돼 서유럽 전역으로 퍼진 문화 운동이다. 르네상스는 '부활, 재생'을 뜻하는 프랑스어로, 고대의 그리스 로마 문화를 되살리자는 의미를 담고 있다. 왜? 중세 암흑시대가 끝날 무렵, 그리스 로마의 문헌들이 발견되었기 때문이다. 과거 인간에 대해 다룬 글과 그림을 본 사람들은 이제 '신'이 아닌 '인간'에 집중하고자 했고, 그렇게 르네상스의 중심을 잡는 휴머니즘(인본주의)이 탄생한다.

　　그리고 이 운동은 종교개혁으로 이어진다. 왜? 인간에 집중하다 보니 자연스럽게 교회와 교황의 권력을 의심하게 된 것이다. 독일에서는 루터가, 프랑스에서는 칼뱅이 종교개혁을 일으켰는데, 때마침 구텐베르크가 활판 인쇄술을 개발하면서 개혁의 바람은 걷잡을 수 없이 커진다. 왜? 이전까지 『성서』는 라틴어로 적혀 있어 성직자와 지식인 몇몇만 읽을 수 있었다. 하지만 루터와 칼뱅은 성서를 각각 독어와 불어로 번역한 후, 구텐베르크의 인쇄술을 이용해 다량 제작해서 이를 빠르게 보급했다. 그러자 사람들은 지금까지 중세 가톨릭교회가 자신들에게 가르친 것이 『성서』와 다르다는 사실을 알게 되었고, 개혁을 적극 지지하고 나섰다.

　　이 종교개혁은 또 어떤 결과를 낳았을까? 바로 과학의 발전이다. 아니, 이것은 또 왜일까? 종교의 권위와 권력이 추락하면서, 이전까지 세속적인 학문이라 괄시받던 수학과 과학에 관심을 갖는 사람들이 늘어났기 때문이다. 이때 등장한 사람이 그 유명한 코페르니쿠스와 갈릴레오다.

　　또한 종교개혁을 맞이한 사람들은 왕권 역시 개혁이 필요함을 인지하고, 마키아벨리, 볼테르 등을 통해 계몽주의가 시작된다. 계몽 왕권이 항해를 도모하면서 대항해 시대가 열리는데, 이는 신대륙 발견, 식민주의 등으로 이어진다.

이처럼 '왜'를 물으면서 배경과 이유를 파악하며 배우는 역사는 흥미진진한 소설이 따로 없다. 프랑크푸르트학파와 비판이론 역사철학가에 의하면, 역사는 객관적 사실의 전개가 아니라 승자가 쓴 소설이라고 하니, 한편으로 역사는 소설이 맞긴 한 것 같지만 말이다. 여하튼 역사라고 하면 고개부터 절레절레 젓는 사람도, '왜'와 함께 역사를 공부한다면 분명 그 매력에 흠뻑 빠질 수 있다고 자신한다.

◆◆◆

꼭 '왜'라는 질문이 아니더라도, 생활에서 마주하는 작고 사소한 것에 대해 궁금해하고 질문하는 일은 기대치 못한 발견과 이해의 기쁨을 안겨 준다. 어느 날, 한 외국인 친구가 멍게가 '괴상한 심장'처럼 생겼다고 표현하며, 멍게가 동물인지 식물인지 물어봤다. 나로서는 한 번도 생각해 본 적 없는 질문이었지만, 그 친구로서는 당연한 의문이기도 했다. 멍게는 영어로 'sea pineapple'이라고도 부른다. '바다 파인애플'이다. 명칭만으로는 식물 같은데 살아서 움직이는 생명체이니 동물인 듯하기도 해서 궁금증이 생겼던 모양이다. 검색 결과는 동물! 친구가 물어보지 않았다면 나는 평생 멍게가 동물인지 식물인지도 모른 채, 그저 초장에 찍어 맛있게 먹기만 했을 것이다.

'멍게가 동물인지 식물인지 아는 게 왜 중요해? 그걸 안다고 해서 무슨 쓸모가 있지?'라고 의아해하는 사람도 있을 것이다. 좋은 질문이다! '왜' 멍게가 동물인지 식물인지, 사소하고 일견 하찮아 보이기까지 하는 이 의문이 중요한 이유가 뭐냐고 묻는다면, 답은 이렇다. 이 쓸모없어 보이는 호기심과 질문들이야말로 지금 우리가 누리고 있는 많은 것들을 가능케 했기 때문이다. 사소한 예를 들어 보자. 우리가 맛있게 먹는 코코넛 워터와 들깨수제비. 코코넛 과육을 자르면 보이는 거대한 씨앗 안에 물이 있다. 거대한 씨앗을 깨 볼 용기를 가진 사람이 없었다면, 또 깻잎의 씨앗도 먹을 수 있을지 호기심을 품은 사람이 없었다면, 우리는 이 맛도 좋고 영양 만점인 코코넛 워터와 들깨수제비를 맛보지 못했을 것이다.

나아가 조금 거창하게 이야기하자면, 주변의 생명체에 대한 사소한 관심과 의문은 우리 생활 다방면에 스며들어 있는 생명을 존중하는 방법이라는 생각이 든다. 우리와 더불어 살아가는 존재에 대해 알고 이해함으로써, 우리가 함께 살아가는 지구의 중요성에 대해서도 생각할 수 있으니 말이다. 만물의 근원, 태생, 관계에 대해 아는 것은 단순한 앎의 즐거움을 넘어 생명과 자연, 우주를 제대로 인지하고 감사히 여기며 존중할 수 있도록 돕는 일이라는 생각이다.

나의 '척, 척, 척'

'왜'라는 질문이 가장 큰 힘을 발휘할 때는 나 자신에 대해 물을 때다. 나에 대한 정보는 구글 검색으로는 얻을 수 없다. 스스로에 대해 알 수 있는 가장 빠르고 정확한 방법은 나와 갖는 아주 사적이며 진솔한 대화, 다시 말해 일인칭 시점의 질의응답이다. '나는 왜 고기를 먹고 싶지 않은 걸까?', '내가 화장을 하는 이유는 무엇일까?', '나는 왜 저 사람 앞에만 서면 불편해지는 걸까?' 등 나의 습관, 판단, 행동 등에 대해 배경과 이유를 질문하다 보면, 자연스럽게 내가 어떤 사람인지 파악할 수 있다.

　　물론 독백 형식의 질의응답 과정은 편치 않을 때가 많다. 스스로 마주하고 싶지 않은 것들, 다른 사람은 물론이고 나 자신조차도 찾아볼 수 없도록 마음속 깊이 숨겨 둔 감정과 생각들을 끄집어내야 하는 순간이 찾아오기 때문이다. 내면에 숨겨 놓은 게 많을수록 진실한 답을 끄집어내기가 어렵다. 그런 면에서 나 자신을 알기 위한 질의응답의 과정은 마치 고대 유적을 발굴하는 일과 같다. 강력한 투지와 인내심, 오랜 시간이 요구되며, 숱한 연습과 시행착오, 노력이 필요하니 말이다. 하지만 무엇보다 중요한 것은 솔직함이다. 나는 아주 진솔한 태도로 나의 습관과 가치관에 대한 이유와 배경을 찾는 과정에서, 스스로에 대해 한층 깊이 깨달을 수 있었을 뿐 아니라 정체성을 다시 확립할 기회도 얻었다.

◆◆◆

나 자신과 갖는 고요하고 동시에 살벌한 질의응답의 시간은 베를린에서 보내던 겨울, 절정에 달했다. 혼자 보내는 시간이 많다 보니 대화할 대상이 나밖에 없었기 때문이다. 그 과정에서 스스로에게 진실된 태도를 갖는 것이 얼마나 중요한지 느낄 수 있었는데, 이는 베를린에서 가깝게 지내던 친구 타일러(Tyler)와 나눈 대화가 잘 보여 준다. 때는 2014년 2월 9일 일요일, 나는 타일러와 함께 존넨알레(Sonnenallee)역 근처 카페 게슈비스터 노타프트(Geschwister Nothaft)에서 작업을 하고 있었다. 그러다 내가 뜬금없이 'Being true to yourself(자신에게 솔직해지기)'에 대한 이야기를 시작했다.

Yeon: You know what I've learned lately? The importance of being true to oneself.

(연: 내가 최근에 뭘 깨달았는지 알아? 나 자신에게 솔직해지는 것에 대한 중요성이야.)

Tyler: Okay⋯ Are you okay?
(타일러: 어, 그래⋯ 너 괜찮아?)

Yeon: No, I'm not. But I'd given some serious thought to this as I witness people who keep lying to themselves. They pretend to be nice to take advantage of something, put on a certain face etc. Some people pretend to be cool, pretend to like something they don't, just to hang out with cool people. That's just not cool. Don't you agree?

(연: 아니, 안 괜찮아. 스스로에게 계속 거짓말하는 사람들을 보면서 진지하게 생각해 봤어. 그런 사람들은 뭔가를 얻어 내기 위해 착한 척을 하거나, 어떤 표정을 짓곤 해. 어떤 사람들은 그저 쿨한 사람들과 어울리기 위해 쿨한 척을 하고, 좋아하지 않는 걸 좋아하는 척하지. 그건 쿨한 게 아니야. 안 그래?)

Tyler: Hehe, yes Yeon. There are people who don't honestly express what they want or how they feel. It's never too pleasant to be around such people. Honesty is the key in most interactions, indeed.

(타일러: 크크, 그래 연아, 맞아. 자기 자신이 뭘 원하는지, 뭘 하고 싶은지, 어떻게 느끼는지 100퍼센트 솔직하게 표현하지 않는 사람들이 있지. 그런 사람들 주위에 있으면 불편하고 싫지. 맞아, 솔직함은 소통에서 정말 중요해.)

타일러와 나눈 짧은 대화는 솔직함의 중요성에 대한 이야기이지만, 또 한편으로는 거짓된 사람, '~척' 하는 사람을 비판하는 내용이기도 하다. '표준국어대사전'에 따르면 '~척'은 그럴듯하게 꾸미는 거짓 태도나 모양을 뜻한다. 영어로는 'pretend'라는 동사와 'pretentious'라는 형용사가 비슷한 의미를 가지는데, 각각 '가식적으로 행동하다', '허세 부리는' 등으로 풀이된다.

특히 자존감이 낮은 사람이 '~척' 하는 경우가 많은데, 자신 없는 모습, 성격 등을 숨기고자 '~척의 탈'을 쓰곤 한다. 나는 개인적으로 거짓된 모습, 가식적인 태도를 지향하지 않는 사람이다. 아니, 그렇다고 생각해 왔다. 하지만 베를린에서 독백의 질의응답에 성실히 응하면서, 끔찍하게도 내가 '~척' 하는 사람이라는 사실을 깨닫고 말았다. 심지어 '~척'을 하나도 아니고 세 가지나 하고 있었다.

◆◆◆

나의 첫 번째 '~척'은 쿨한 척이었다. 그것은 내가 왜 피어싱을 했는지 곰곰이 따지는 과정에서 깨닫게 되었다.

고등학교 때 친하게 지내던 친구 나타샤(Natasha)는 혀에 피어싱이 있었다. 이전까지는 피어싱이 있는 사람을 딱히 멋있다고 생각하지 못했는데, 뛰어난 감각과 탁월한 취향을 가진 친구는 혀에 있는 피어싱을 정말 근사하게 소화해 냈다. 그녀가 말을 할 때마다 언뜻언뜻 보이는 피어싱이 정말 쿨해 보였다. 그리고 2010년 찾아온 11학년 겨울방학. 나타샤와 함께 그녀의 고향인 캐나다 몬트리올에서 크리스마스를 보내게 되었다. 영하 15도를 밑도는 매서운 추위가 이어졌지만, 나타샤와 그녀의 어머니, 그리고 치와와 '벨라'와 함께하는 시간은 따뜻하고 즐거웠다. 실컷 먹고 마시며 방학을 즐기던 와중에 나타샤가 피어싱을 한 스튜디오가 집 근처라는 사실을 알게 되었다. 갑자기 나도 피어싱을 하고 싶다는 충동이 일었다. 재미있는 추억이 될 거라고 생각했고, 별다른 고민 없이 혀에 피어싱을 받았다. 뒤늦게 이 사실을 안 부모님이 삼일간 나에게 한마디도 하지 않았던 기억이 난다.

그로부터 삼 년 후, 베를린 집에서 친구들과 한껏 술에 취했던 어느 겨울밤의 일이다. 삼 년간 아무렇지 않았던 혀의 피어싱이 그날따라 불편하게 느껴졌고, 불현듯 '자신에게 솔직해지기'라는 화두를 가지고 타일러와 나눈 대화가 떠올랐다. 친구들이 옆에 있는 와중에도 나와의 질의응답이 시작되었다. '삼 년 전에 왜 피어싱을 한 거지? 연아, 너는 왜 갑자기 피어싱을 했을까?' 아무리 생각해도 답은 하나였다. 나타샤가 쿨해 보였고, 나도 쿨해 보이고 싶어서. 갑자기 소름이 끼쳤다. 사실은 쿨하지 않은 내가 쿨해 보이고 싶어서, 한마디로 '쿨한 척'을 하기 위해 피어싱을 했던 것이다. 그 사실을 깨닫는 순간, 자리에서 벌떡 일어나 소리쳤다.

"I DON'T EVEN KNOW WHY I GOT THIS PIERCING, I GOT IT BECAUSE IT LOOKED COOL. I WAS NOT TRUE TO MYSELF, I AM TAKING IT OUT(사실 이 피어싱 왜 했는지 모르겠어. 쿨해 보여서 했던 거지, 나 자신에게 솔직하지 못했어. 나 이거 뺄래)!"

말을 끝내기 무섭게 손으로 피어싱을 빼어 바닥에 던졌다. 피어싱은 어딘가로 굴러 들어갔고, 나의 돌발 행동에 어이없어하며 웃던 친구들은 이내 소파와 침대 밑을 뒤져 피어싱을 찾아냈다. 하지만 나는 그 이후 다시는 피어싱을 하지 않았다. 나는 쿨한 사람이 되고 싶긴 했지만, 쿨한 척하는 사람은 되고 싶지 않았기 때문이다.

♦♦♦

나와의 질의응답을 통해 마주한 나의 두 번째 '~척'은 '있는 척'이었다. 이 깨달음은 검소한 사람이 많은 베를린이었기에 가능한 것이기도 했다.

미국에서 유학 생활을 할 때만 해도 부모님 돈을 소비하는 것에 대해 별다른 생각이 없었다. 예를 들어 2011년에는 생일 선물로 엄마에게 프라다 가방을 사달라고 부탁했다. 한쪽 어깨에 메는 큼지막하고 튼튼한 검은 가죽 가방이었는데, 뉴욕에서는 이 가방에 책과 맥북을 넣어 자주 들고 다녔다.

　　주변에 독립적인 친구가 많아서였을까. 베를린에서 생활하며 경제적 독립에 대해 자주 고민하게 되었다. 친구들에게 "바에 가서 술 마시자.", "베르크하인이나 시시포스에 놀러 가자."라고 제안하면, "통장에 잔금이 별로 없어.", "다음 달에 봉급 타면 놀러 가자."라는 답을 자주 들었다. 나이가 많든 적든 자기가 번 돈으로 생활하는 것이 당연한 베를린 친구들을 보면서, 내가 벌지도 않은 돈으로 술을 마시고 클럽에 다니는 것이 부끄럽게 느껴졌다. 그리고 내 어깨에 멘 프라다 가방도.

　　베를린에서 산 지 반년이 넘었을 무렵, 부모님이 나를 보기 위해 독일로 오시기로 했다. 부모님과 영상통화를 하며 도토리묵 가루, 인스턴트 잡채 등 그리운 한국 음식과 양말과 스타킹 등 생필품을 부탁했다. 더 이상 독일에서 필요하지 않은 것들은 부모님을 통해 서울에 가져다 놓기로 해서, 대략 어떤 물품들인지 알려 드렸다.

　　연: 한국으로 돌아갈 물건들이, 저기 보이는 겨울 코트,
　　신발, 두꺼운 담요… 그리고 검은 프라다 가방이랑…
　　엄마: 오잉? 프라다 가방은 왜 서울에 가져다 놓아?
　　너 책가방으로 잘 쓰지 않아?

연: 아, 나 그거 이제 쪽팔려서 못 들어.

쪽팔리다는 답변이 반사작용처럼 입에서 튀어나왔다. 가방을 선물해 준 엄마에게는 무례한 표현이었는데, 지금 와서 생각해도 '쪽팔린다'라고밖에 표현할 수 없을 것 같다. 프라다 가방이 쪽팔린 이유는 크게 두 가지였다. 첫 번째는 내가 벌지 않은 돈으로 구매한 고가의 가방을 당당히 들고 다니는 것이 창피했다. 두 번째는 프라다 가방이 사실은 나의 '있는 척'을 위한 수단이었음을 깨달았기 때문이다. 이 명품 가방을 멜 때면 나도 모르게 더 자신감이 넘치고 당당해지는 기분이었는데, 그것이 진짜 자신감과 당당함이 아니라 가방을 통해 꾸며진 허상이었음을 알게 된 것이다. 그렇게 오랫동안 나와 함께했던 프라다 가방을 서울로 떠나보냈을 때, 나는 거짓된 탈 하나를 벗은 느낌이었다.

◆◆◆

사람들은 가끔 내게 왜 철학을 전공하게 되었는지 묻는다. 예전에는 별 고민 없이 "재미있어서!"라고 답했는데, 나와의 질의응답을 통해 얻은 답변은 끔찍했다. 내가 철학을 택한 이유는, 철학이 좋아서라기보다 철학적인 사람이 되고 싶어서, 한마디로 똑똑하고 현명해 보이고 싶어서였다.

물론, 철학이 재미있는 건 사실이었다. 진로에 대한 깊은 고민 없이 대학 생활을 했기 때문에 전공을 선택할 때 배움의 재미를 최우선으로 두었다. 하지만 그것이 철학을 택한 '진짜' 이유가 맞는지 쉴 새 없이 물으면서, 나조차도 헷갈리기 시작했다. 철학이 흥미롭고 이 학문에 열정을 가져서 택한 것인지, 그저 철학이 폼나는 학문처럼 느껴져서 택한 것인지… 인정하기 싫었지만 오랜 고민과 질의응답 끝에 내린 답은 철학이 왠지 멋있고, 이걸 공부하면 나도 조금은 심오한 사람이 될 것 같아서였다. 순식간에 지금껏 품어 온 학업의 의미가 흔들리고 말았다.

'똑똑한 척'이 전공 선택의 계기였다는 깨달음은 차마 말로 표현할 수 없을 정도로 치욕스럽고 실망스러웠다. 하지만 '쿨한 척', '있는 척'과 달리, '똑똑한 척'은 내게 좋은 영향을 주었기에 후회는 없다. 똑똑한 척을 하고 싶어서 택했을지언정, 철학을 배우는 과정은 정말 즐겁고 신나고 흥미로웠기 때문이다. 하지만 앞으로는 '똑똑한 척', '아는 척'은 하지 않을 생각이다. 아는 것이 많고 똑똑한 사람이 되고 싶지, 척만 하는 사람은 절대 되고 싶지 않으니까!

쿨한 척, 있는 척, 똑똑한 척. 내가 '~척' 하는 사람이라는 자각은 매우 불편하고 실망스러웠지만, 그만큼 의미가 있었다. 내가 어떤 척을 하고 사는지 깨닫고, 그 척의 탈을 하나씩 벗어던짐으로써, 결과적으로 한결 솔직한 사람이 될 수 있었으니 말이다.

솔직해서 얻은 것과 잃은 것

2016년 대학을 졸업한 뒤 나는 계속 뉴욕에 남고 싶었다. 그런데 문제가 있었다. 대학 졸업 이후에도 외국에서 생활하면 월세와 생활비를 내가 부담하기로 부모님과 약속했는데, 그것이 만만치 않았던 것이다. 어떻게든 버텨 보려고 여러 가지 일을 해 보았다. 일러스트레이션 작업, 웹 콘텐츠 디자인, 번역과 카피라이팅, 대학입시 컨설팅 아르바이트 등 물불 가리지 않고 일하며 돈을 모았다. 생활비 지출도 대폭 줄였다. 팁이 아까워 식당에 가지 않았고, 술도 덜 마셨다. 심지어 교통비를 절약하고자 30도를 웃도는 한여름에도 자전거를 타고 다녔다.

홀로 살아남고자 벌이는 싸움은 스스로의 가능성과 한계를 시험해 보는 흥미진진한 과정이었지만, 정말 피곤하고 힘든 일이기도 했다. 지속 가능한 생활이 결코 아니었다. 조금이라도 안정적인 수입을 확보하고자 뉴욕에 위치한 크고 작은 회사에 이력서를 보내고, 지인 소개를 받아 면접을 보기도 했으나 모두 수포로 돌아갔다. 순식간에 삼 개월이 지났고, 나는 체력도 정신력도 모두 방전된 상태였다. 내가 잘하는 것이 뭔지도 불분명했고, 대부분 회사에서 요구하는 기술 역량을 보유하지도 못했기에 앞길이 막막했다. 휴식, 준비, 그리고 재정비의 시간이 필요했다.

지친 몸과 마음을 추스르고 차분하게 진로 준비를 하고자 2016년 10월 뉴욕 생활을 정리한 뒤 서울로 돌아왔다. 2016년에 마주한 서울은 2014년 병가 휴학으로 찾은 서울보다는 덜 사나운 모습이었지만, 여전히 낯설고 생경했다. 안 그래도 불편한 환경에서 불투명한 미래를 고민하려니 마음이 번잡하고 더러워지기 시작했다. 진로 확립과 경제적 독립 준비에 앞서 몸과 마음의 재정비가 필요했기에, 나는 또다시 사찰로 도망을 갔다. 2017년 2월 대구 도림사에 들어가 이십 일간 글을 쓰고 그림을 그리며 시간을 보냈다. 덕분에 평온하고 차분한 마음을 안고 서울로 돌아와 내 앞에 놓인 선택지를 정리해 봤다. 세 가지였다. 취직, 공부, 출가.

먼저 취직을 위해서는 나의 능력에 대해 제대로 분석해 볼 필요가 있었다. 기술적 역량은 부족했지만 어쨌든 내가 할 줄 아는 것은 생각하는 일과 그림을 그리는 일이었다. 왼손에는 철학과 학부 졸업장, 오른손에는 펜과 붓을 들고 있는 사람이 도전해 볼 수 있는 업계 목록을 써 봤다. 대략 디자인, 출판, 방송 업계가 떠올랐다.

　　취직 대신 학업의 길로 다시 들어서는 방법도 있었다. 한국이나 미국에서 법대에 진학하는 것과 독일에서 미대에 진학하는 것을 고민해 보았다. 갑자기 법대라니, 다소 뜬금없게 들리겠지만 나름의 이유가 있었다. 첫째, 나는 고등학교 때부터 법률 드라마를 즐겨 봤다. 변호사나 검사가 배심원 앞에서 논리를 펼치는 모습에 흥미와 매력을 느꼈고, 내가 가진 지식으로 논리적 말싸움을 벌이는 일은 내가 즐기고 잘하는 활동이기에 잘할 수 있을 것만 같았다. 둘째, 나는 끈질기게 엉덩이를 붙이고 앉아 무식하게 공부하는 일에 자신이 있었다. 셋째, 학부 때 철학을 공부하고 석사 때 법률을 공부하는 사례가 적지 않기 때문이다. 넷째, 법률을 공부하고 나면 이후 진로가 명확하고 금전적 안정도 보장받을 수 있다는 생각 때문이었다.

　　더불어 미대 진학을 고민한 것은 갖춰진 시스템 내에서 예술을 공부해 보고 싶다는 바람에서였다. 나는 어렸을 때부터 그림 그리는 것을 좋아하기만 했을 뿐, 전문적으로 미술을 배우거나 공부한 적은 없어서 항상 아쉬움이 남았다. 이번 기회에 제대로 해봐도 좋겠다는 생각이 들었는데, 미대를 간다면 독일에서 하고 싶었다. 베를린에 대한 그리움이 크게 남아 있었고, 무엇보다 학비가 무료이기 때문이다.

　　마지막 선택지인 출가는, 속세에서는 결코 피하기 어려운 온갖 스트레스, 걱정, 고민, 번뇌에서 벗어날 수 있는 최적의 기회였다. 하지만 출가는 삶에서 한 번만 누릴 수 있는 특권이기에 아껴 두기로 했다. 남은 두 가지 중 최종 선택은 취직. 다시 한 번 외국에서 공부하고 생활하고픈 마음이 아주 컸지만, 그것이 정말 공부를 더 하고 싶어서인지 아니면 취업이 쉽지 않으니 좀 더 시간을 벌고 싶어서인지 확실치 않았다. 그 목표와 의미가 뚜렷하지 않은 상황에서 경제적 독립도 하지 못한 채 공부를 지속하고 싶지는 않았다.

물론 취직 역시 명확한 목표와 방향이 설정된 것은 아니었다. 하지만 적어도 취직을 하면 부모님께 손 벌리지 않고 내 돈으로, 내 힘으로 살 수 있었다. 내가 뭘 할 수 있을지 고민하며 방황할 시간에, 뭐라도 하는 편이 낫겠다는 생각도 있었다. 그렇게 취업 준비가 시작되었다. 부족하나마 내가 가진 능력을 발휘해 볼 수 있는 업계는 디자인, 출판, 방송 업계였고 수많은 구직 사이트와 주변 지인들을 총동원해 이력서를 뿌렸다.

◆◆◆

2017년 3월 30일, 이메일 한 통을 받았다. 내게 인터뷰를 요청한 회사는 '컨티뉴 코리아'라는 디자인 기업이었다. 무슨 일을 하는 회사인지 정확히 알고 지원한 것은 아니었다. 그저 외국계 기업이니 비교적 개방적이지 않을까 하는 생각 정도였다. 여하튼 내가 이력서를 보낸 수많은 회사 중 유일하게 답신을 준 곳이었기에, 떨리고 긴장되는 마음으로 인터뷰를 준비했다. 하지만 인터뷰 당일에는 나답게, 자신있게 응하는 게 최선이라 믿으며 회사가 위치한 신사동 가로수길로 씩씩하게 향했다. 얼마 후 사무실에 도착한 나를 인터뷰 장소인 지하로 안내한 사람은 짧은 머리에 안경을 낀, 사십 대 초반으로 보이는 여성이었다. 그가 컨티뉴 대표님이라는 사실은 인터뷰가 끝날 무렵에야 알게 되었다.

인터뷰는 나에 대한 질문 위주로 진행되었고, 나는 삼십 분 넘게 내가 어떤 사람이고 무슨 일을 해 왔는지 설명했다. 이야기가 끝나자 대표님은 컨티뉴이 무슨 일을 하는 회사인지 아느냐고 물어보셨다. 얼렁뚱땅 브랜드 디자인 회사로 알고 있다고 답했는데, 틀렸다는 답이 돌아왔다. 컨티뉴은 혁신 디자인 컨설팅 회사라는 설명이 덧붙었다. 잠시, 정적이 흘렀다.

대표님은 다른 사람 같았으면 벌써 인터뷰를 종료하고 다시 부르지 않았겠지만, 나의 프로필과 인성을 좋게 보셨다며 기회를 주겠다고 하셨다. 그리고 컨티뉴이 무엇을 하는 회사인지 간략히 설명해 주셨다. 혁신 디자인 컨설팅이란 큰 그림에서 사람, 시장, 산업에 대해 공부하고 문제를 해결하는 것이라고 했다. 끊임없이 변화하는 사회와 세상을 공부하는 일이라니! 컨티뉴에 꼭 입사하고 싶다는 마음이 샘솟았다. 그래서 내가 디자인 컨설팅에 왜 매력을 느끼는지, 스스로 어떤 역량을 갖추었다고 믿는지 열심히 설명했다. 하지만 열정만으로는 충분치 않다는 사실이 곧 드러났다. 대표님은 나에게 마지막으로 물었다.

"박연이 왜 컨티뉴에 오고 싶어 하는지는 알겠습니다. 이제 컨티뉴이 왜 박연을 뽑아야 하는지는에 대해 말해 주세요. 만약 박연 씨와 같이 컬럼비아대에서 철학을 전공하고 그림을 그릴 줄 아는 사람이 있다면, 두 사람 중 제가 박연 씨를 뽑아야 하는 이유는 뭐죠?"

곰곰이 생각해 보았지만, 적당한 답이 떠오르지 않았다. "음… 아… 음…"만 반복하는 사이, 시간은 속절없이 흘러갔다. '나랑 비슷한 배경과 지식을 가진 사람이 있다면 누가 뽑혀야 하는 거지?' 아무리 생각해도 답을 알 수 없었다. 그럴싸한 답변을 꾸며 낼 수도 있었지만, 그러고 싶지 않았다. 이미 나의 '~척'들에 작별을 고하며 솔직해지기로 했던 나이기에, 또다시 '~척' 할 수는 없었다. 결국 솔직하게 답하고 말았다.

"굳이 저를 뽑으셔야 할 이유는 잘 모르겠어요."

대표님은 가만히 고개를 끄덕이셨다. 기회를 놓쳤다고 좌절할 겨를도 없이, 인터뷰를 한 번 더 보자는 제안이 나왔다. 대신 다음에는 디자인 싱킹(design thinking)이라는 개념과 컨티늄 글로벌의 프로젝트 사례들을 조사해 오라고 하셨다. 무조건 이 회사에 들어오고 싶었고, 어렵게 주어진 기회를 절대 놓치고 싶지 않았기에, 무식하고 용감하게 공부, 또 공부했다. 이후 인터뷰를 두 차례 더 진행했고, 인턴으로 시작한 나는 디자인 전략가로 이 회사에서 이 년간 일하게 되었다.

사원으로 채용이 된 이후에 함께 식사를 하던 어느 날, 대표님이 말씀하셨다. 첫 인터뷰를 볼 때 어쭙잖게 꾸미지 않고 솔직하게 말하는 내 모습에 반하셨다고. 솔직하다는 것은 마음과 생각에 충실하다는 뜻이다. 컨티뉴 인터뷰 당시 나는 내 마음에 없는 답을 억지로 만들어 내고 싶지 않았고, 그래서 진솔하게 임한 결과 바라던 인턴 자리를 얻을 수 있었다. 컨티뉴 취직은 솔직함이 내게 안겨 준 선물이라고도 할 수 있겠다.

♦♦♦

솔직하다는 것은 다른 사람들에게 내 생각이나 모습을 꾸미지 않고 있는 그대로 드러낸다는 의미이기도 하지만, 동시에 자신의 생각과 욕구, 마음을 거부하거나 고민하지 않고 그대로 따른다는 뜻이기도 하다. 이는 간혹 개인적으로 타당한 이유를 찾아 좋고 싫음을 판단하고 나면, 별다른 고민 없이 행동하는 것으로 이어지기도 한다. 이렇게 내 마음과 생각에 너무 충실하게 임함으로써 잃었던 것이 하나 있는데, 바로 예정된 날짜에 대학교를 졸업하려던 계획이다.

베를린에서 공부하기 전까지만 해도 나는 성적이 B가 나오면 마음이 한없이 가라앉았다. 완벽주의자인 데다가 욕심도 많아서 좋은 성적을 받지 못하면 쉽게 좌절하곤 했다. 하지만 독일에서 공부하며 이전까지는 겪지 못한 학업적 한계와 마주하면서, 내가 할 수 있는 최선이 최상이라고 믿기 시작했다. 더 이상 A에 목을 매지 않은 것이다. 대학교 1~2학년 때는 A가 목표였다면, 대학교 3~4학년 때는 졸업이 목표였다. A를 달성하고자 하는 것은 무언가를 성취하고자 하는 적극적 태도인 반면, 졸업을 달성하고자 하는 것은 낙제를 피하고자 하는 소극적 태도였다. 하지만 내 마음이 그것을 원했다. 이수 학점을 채우고 필수과목에서 F만 받지 않으면 졸업이 가능했기에, 내가 좋아하는 과목에만 열중하고 재미없는 과목은 낙제를 받지 않을 정도로만 공부했다.

컬럼비아대를 졸업하려면 4학년 학점 중 삼분의 일은 고정돼 있다. 나는 베를린에서 일 년을 보냈기에 이수해야 할 필수과목이 밀려 있는 편이었다. 한 학기당 다섯 개, 두 학기에 걸쳐 열 개의 과목을 들었는데 그중 아홉 개가 필수과목이었다. 하지만 나는 학기마다 재미있는 수업 한 개에만 집중했다. 서류상 수강한 수업은 다섯 개지만, 마음이 수강한 수업은 한 개였다고 할까.

4학년 1학기 때 집중한 수업은 인식론(epistemology)이었다. 철학의 역사와 유럽 대륙철학이 익숙했기에 분석철학이 아주 흥미로웠고, 덕분에 이 과목은 A를 받았다. 2학기 때는 지구, 달, 행성(earth, moon, planets)이라는 천문학 수업에 몰두했다. 이과 과목을 접한 지 오래되어 겁을 많이 먹었는데, 오랜만에 수학적, 과학적 공식을 다루는 게 아주 재미있었다. 나머지 네 개 수업은 역시 대충 임했는데, 그중에서도 서양음악의 명곡(masterpieces of western music)이라는 서양음악사 수업을 가장 괄시했다. 아무리 노력해도 재미나 의미를 찾을 수 없었고, 나의 기준에서 교수님의 지도력이 상당히 떨어진다고 느꼈기 때문이다. 내가 열중하는 과목을 택할 때는 수업 내용도 중요하지만, 교수님의 역할도 컸다. 아무리 재미있는 과목도 교수님이 잘 못 가르치시면 흥미가 떨어졌고, 아무리 생소하고 지루한 과목도 교수님이 잘 지도해 주시면 관심과 의욕이 샘솟았다. 서양음악사 수업은 그 어느 조건도 충족하지 못했고, 그래서 나는 이 수업의 모든 과제를 최선을 다하지 않고 대충했다. 교수님도 아마 내가 얼마나 대충하는 사람인지 아셨을 것이다. 교수님과의 사이도 전혀 가깝지 않았다.

4학년 2학기가 끝나고 성적이 나왔다. 천문학 수업은 A. 하지만 서양음악사 수업은 D였다. 이전까지 B-가 가장 낮은 성적이었기에 다소 충격을 받긴 했지만, 괜찮았다. 어차피 졸업이 목표였으니까 말이다. 그런데 졸업식 하루 전날 아카데믹 어드바이저로부터 메일이 왔다. 표절 문제로 서양음악사 성적이 D에서 F로 바뀌었다는 것이다. 너무 갑작스럽고 결코 이해할 수 없는 소식이었다. 아무리 과제를 대충했다고 해도 표절을 한 적은 결단코 없었다. 급한 마음에 교수님께 연락해 보니, 내가 제출한 에세이에 적힌 한 문장 때문에 표절이라고 하셨다. 어느 블로그에 나온 내용을 참고해 정리했는데, 그것이 표절이라는 것이었다.

다음 날 졸업 가운을 입고 꽃다발을 든 채 교수님을 찾아갔다. 내 졸업식을 보고자 뉴욕에 방문한 부모님도 멀찍이 서 계셨다. 눈물을 글썽거리며 교수님께 사정했다. 내가 한 건 의역이지, 표절이 아니라고 해명하며 D로 유지시켜 달라고 부탁, 또 부탁했다. 하지만 교수님을 설득하는 데 실패하고 말았다. 결국 5월의 졸업식 이후, 서류상 학사 미졸업자인 나는 졸업을 위해 여름 학기에 서양음악사 수업을 재수강해야 했다.

◆◆◆

솔직함이 문제가 되었던 또 하나의 사건이 있다. 나에게 솔직함만이 정답은 아니며, 항상 솔직할 필요는 없다는 사실을 일깨워 준 그 사건은, 어느 날 날아든 반가운 소식에서 시작되었다.

2019년 초 나비스(NABIS)라는 회사로부터 연락을 받았다. 샌프란시스코에 위치한 삭막한 사무실에 생기를 불어넣고 싶다며 벽화를 의뢰하는 내용이었다. 항공권, 숙박비, 재료비, 그리고 작업비까지 지원되는 매력적인 기회였다. 잔뜩 부푼 마음에 다양한 리서치와 아이디에이션을 진행하고, 필요한 재료를 구매해 미리 샌프란시스코로 배송까지 시켜 놓았다. 그리고 2019년 5월, 삼 년 만에 다시 미국을 찾는다는 생각에 한껏 부푼 채 인천국제공항으로 향했다.

다음 날 오전 10시 40분 샌프란시스코공항에 도착해 입국 심사를 받는데, 담당자가 내게 비자가 어디에 있는지 물어봤다. 비자가 없다고 하자, 그는 한심하다는 표정을 지었다. 11시쯤 2차 보안 사무실로 안내받았지만 그때만 해도 큰 걱정은 하지 않았다. 걱정한다고 문제가 해결되는 것도 아니고, 나는 과거에 2차 보안 사무실을 무사히 통과한 적이 있었기 때문이다. 사무실에는 사람이 많았다. 지쳐 있는 표정들을 보니, 다들 몇 시간째 대기 중인 듯했다. 얼마나 기다려야 할지 모른다는 생각에 스트레스가 밀려왔지만, 신나게 벽화를 그릴 생각을 하자 진정이 되었다. 그렇게 두 시간가량 흐른 후 담당자가 나의 이름을 호명했고, 나는 어떻게든 될 거라는 낙천적인 태도로 대화를 나누기 시작했다.

첫 번째 질문은 왜 비자가 없냐는 것이었다. 나는 2007년부터 2016년까지 무려 십 년간 학생 비자로 미국을 수십 번 오갔기에, 미국에 입국할 때 관광 비자를 온라인으로 사전 신청한 후에 발급받아야 한다는 사실을 몰랐다. 근래에 방문한 유럽이나 아시아 국가처럼 착륙 후 공항에서 간단한 양식을 작성하면 되는 줄 알았던 것이다.

두 번째 질문은 왜 미국에 왔냐는 것이었다. 그런데 이 질문에 답하며 나는 큰 실수를 했다. 솔직하게 대답할 필요가 없었다. 친구를 보러 왔다거나 관광을 하러 왔다고 하면 그만이었다. 하지만 나는 사실대로 말했고, 방문 목적이 금전적 거래가 있는 프로젝트 수행임이 밝혀짐으로써 상황이 쓸데없이 복잡해졌다. 긴장감이 고조된 대화는 오후 3시까지 진행되었다. 결론은 서울로 돌아가 관광 비자인 이스타(ESTA)가 아닌 입국 목적에 부합하는 비자를 발급받은 후, 다시 입국을 시도해야 한다는 것이었다. 서울로 가는 가장 빠른 비행기는 그날 밤 11시였다. 하지만 입국 허가가 나지 않았기 때문에 여덟 시간 동안 2차 보안 사무실을 나갈 수 없었다. 아이폰과 맥북 사용도 금지였다. '이게 꿈인지 생시인지'라는 표현은 이런 상황에서 쓰는 것이구나 싶었다.

담당자는 2차 보안 사무실 내에 있는 작은 방으로 나를 안내했다. 한 평 남짓한 회색 방은 감옥을 연상시켰다. 춥고 피곤하고 배고프고 서러웠던 나는 딱딱한 벤치에 눕자마자 금세 잠이 들었고, 누군가 내 어깨를 흔들어 일어났을 때는 밤 11시였다. 그렇게 미국에 도착한 지 열두 시간 만에 다시 서울로 향했다. 돌아오는 비행기 안에서 「반지의 제왕」 세 편을 연속으로 시청한 덕에 다행히 시간은 금세 흘렀다.

서울에 도착하자마자, 급하게 B1/B2 비자를 신청하고 이틀 후 인터뷰를 보기 위해 미국 대사관을 찾았다. 한 번 호되게 겪은 경험이 있기에 이번에는 굳이 프로젝트 이야기를 꺼내지 않았는데, 이것이 또 화근이 되고 말았다. 샌프란시스코공항 2차 보안 사무실에서 나눈 대화가 이미 기록으로 남아 있었던 것이다. 인터뷰 사정관은 잠시 동안 컴퓨터 화면을 응시하더니, 미국으로 가는 목적이 불분명하다며 비자 발급을 거부했다.

결국 나는 미국 비자를 한 번도 아니고 두 번이나 거절당한 사람이 되고 말았다. 솔직했기 때문이라기보다는 어리바리했기 때문이라는 표현이 더 정확할 것 같긴 하지만, 여하튼 이때 깨달았다. 늘 있는 그대로 솔직하게 다 말할 필요는 없다고. 그럼에도 여전히 나는 기본적으로 솔직함을 견지하려고 노력하며 살고 있다. 나 자신을 있는 그대로 받아들이고, 최대한 솔직하게 표현하고 행동하는 것은 삶을 주체적으로 이끌어 가는 방법이라고 믿기 때문이다.

솔직함이라는 가치를 몸과 마음으로 받아들이고 실천하기 위해서는 시간과 노력, 그리고 연습이 필요하다. 거기에 더해 나의 솔직함을 수용해 주는 소중한 인연이 큰 역할을 한다. 그래서 나는 말과 행동, 겉과 속이 일치하는 사람들을 선호하는 편이다. 내가 솔직해짐으로써 솔직한 친구들을 만날 수 있었고, 또 진솔함의 가치를 알아보는 사람들을 통해 많은 기회도 얻었다고 생각한다. 물론 이제는 필요에 따라 '~척'을 하기도 하고, 솔직함을 다소 억누를 때도 있다. 솔직함을 계속 유지하고 지켜 가려면 약간의 타협이 필요하다는 사실을 뼈저리게 체험했기에!

삶에 재미를 더하는 Why Not

지금껏 '왜'란 질문을 통해 내가 깨달은 것, 얻은 것, 잃은 것 등을 살펴봤고, '왜'를 묻는 일이 삶에서 여러 의미를 찾을 수 있도록 돕는다고 했다. 하지만 이 질문이 무용지물일 때도 있다. 예를 들면 힘들 때와 좋을 때다. 마음이 지쳐 있을 때는 '왜'라고 물어봤자 답이나 해결책을 찾기 어렵고, 답을 모른다는 자괴감에 오히려 더 힘들어질 수도 있다. 탄경스님이 예전에 내게 해 주신 말씀이 떠오른다.

"연아, 힘든 이유를 알면 힘든 사람이 어딨노. 왜 힘드냐고 묻는 거 자체가 욕이다!"

'몸은 번잡하게, 마음은 평온하게'라는 말이 있듯이, 힘들 때는 최대한 생각하지 않는 편이 좋은 것이다. 좋을 때 역시 마찬가지다. 좋고 재미있는 상황에서는 굳이 이유를 찾을 필요가 없다. 그저 순간에 집중해 즐기는 것이 현명한 접근이라고 생각한다. 즐거운 시간을 보내는 상황은 '재생 중', 질문을 던지는 행위는 '일시 정지 버튼을 누른 것'이라고 비유할 수 있는데, 행복한 순간에 '왜'를 묻는 것은 그 상황을 정지시켜 버리는 일이라고 할 수 있다.

의미를 찾는 일과 다르게, 재미를 찾는 일에서는 '왜'를 물을 필요가 없다. 이때 필요한 질문은 오직 하나, 'Why Not'이다. 이 말은 '왜 안 돼?', '안 될 게 뭐 있어?', '뭐, 어때?', '에라, 모르겠다' 등으로 번역된다. 다시 말해 이성보다는 본능과 감성을 따르게 만드는 질문이자 주문이라고 할 수 있다. '왜 안 돼?'와 함께라면 우리는 미지의 세계로 과감하게 뛰어들 수 있다. 만약 독일 유학에 관해 너무 많은 것을 생각했다면, 내 인생에서 가장 큰 경험 중 하나인 베를린 생활은 불가능했을지도 모른다. 베를린에서도 마찬가지였다. 처음엔 수없이 '왜'를 물으며 나와의 질의응답 시간을 가졌지만, 그것이 끝난 후에는 '왜 안 돼?'의 태도로 지냈다. 덕분에 큰 고민이나 걱정 없이 일단 도전하며 수많은 사람들을 만날 수 있었고, 다양한 경험을 할 수 있었다.

◆◆◆

'왜 안 돼?'의 태도가 유용하게 사용되는 경우 중 하나는 여행할 때이다. 나는 혼자 여행 다니는 것을 선호한다. 가장 큰 이유는 숙박비를 절감하기 위해서다. 여행할 때는 대개 친구 집이나 다리

건너 소개받은 지인의 집에서 머물곤 하는데, 나 혼자여야 눈치가 덜 보인다. 그리고 나는 많이 친하지 않은 사람이라도 서슴없이 부탁하는 편이다.

"Can I stay at yours?! I can sleep anywhere! Couch, bathroom, any floor, wall, ceiling, you choose(나 너희 집에서 지내도 돼?! 나 아무 데서나 잘 자. 소파, 화장실, 아무 바닥이나 벽, 천장까지! 말만 해)!"

물론 신세를 지는 대신에 식사를 대접하거나 친구가 필요한 식재료, 생필품 등을 선물해 주곤 했다. 이렇게 아는 사람의 집에서 지내면, 숙박비를 아낄 수 있다는 장점뿐 아니라 그곳에 자연스럽게 녹아들어 '생활 같은 여행'을 할 수 있다는 장점이 있다. 오래 앉아 있기에 좋은 카페, 와인이 저렴한 바, 산책하기 좋은 공원, 재미있는 구멍가게, 온라인에는 소개되지 않은 동네 식당 등에 대한 정보를 현지인 친구를 통해 얻을 수 있기 때문이다. 물론 친하지 않은 사람의 집에서 묵는 게 불편할 가능성도 존재하지만, 나는 대개 겁 없이 부탁하는 편이었고 상대방 역시 '안 될 게 뭐 있어!'의 태도로 나를 호스팅해 주었기에 늘 즐겁게 여행을 다닐 수 있었다.

특히 베를린에 있을 때 이런 여행을 자주 할 수 있었는데, 베를린은 지리적 위치로 인해 타 국가의 도시로 여행 가는 것이 쉽기 때문이다. 나는 베를린에서 생활할 때 스톡홀름, 암스테르담, 파리, 런던 등을 홀로 여행했고, 이 중 가장 기억에 남는 곳은

'미지의 도시' 바르셀로나다. 이곳에는 빌붙을 친구나 지인이 아무도 없어서 저렴한 호스텔에서 지냈던 관계로, 정말 완전히 혼자서 여행을 했다.

독일 대학은 겨울과 여름 학기로 나뉘어 있어서 가장 긴 방학이 2월에서 4월까지다. 원래 계획은 첫 학기 하우스아르바이트(학기 과제)를 끝내고 바르셀로나로 떠나는 것이었는데, 과제가 마무리되지 않아 시간이 더 필요했다. 교수님께 부탁해 다행히 데드라인은 미뤘는데, 문제는 여행 일정이었다. 저가 항공권을 구매했기에 환불이나 교환이 불가능한 상황이었고, 아까운 티켓 값을 낭비하고 싶지는 않았다. 방법은 하나, 과제를 들고 떠나는 것뿐이었다.

결국 2014년 2월 말, 나는 맥북, 수많은 출력물, 공책, 백과사전만큼 무거운 발터 베냐민의 『아케이드 프로젝트』를 들고 바르셀로나로 향했다. 홀가분한 마음으로 여행할 수 있는 형편은 결코 아니었지만, 처음 방문한 스페인, 그것도 아는 사람 하나 없는 곳에서 홀로 시간을 보내는 것은 특별한 자유를 안겨 주었다. 바르셀로나에서 나는 완전한 이방인이었지만, 현지인처럼 소소한 일상을 누렸다. 카페 테라스에 앉아 글을 쓰다가 한참 사람 구경을 하기도 했고, 집중이 잘 되지 않으면 갤러리를 찾거나 아름다운 가우디 건축물을 배경 삼아 목적지 없이 마냥 걷고는 했다. 체류 기간이 십이 일이었던 덕분에, 과제를 하면서도 느긋하게 시간을 보내며 도시 곳곳을 여행할 수 있었다.

무엇보다 바르셀로나의 날씨는 정말 아름다웠다. 햇빛 없는 베를린의 겨울에 비하면 완전히 딴 세상. 오랜만에 느끼는 태양 빛은 감동적이기까지 했다. 아침마다 햇살이 느껴지다니! 지상낙원이 따로 없었다. 묵직한 배낭을 짊어지고 다녀야 했지만, 마음은 깃털처럼 가벼웠다. 매일 아침 눈을 뜨면 무작정 길을 나서 눈에 띄는 카페와 바에 들어가, 책을 읽고 글을 쓰며 시간을 보냈다. 바르셀로나 도시 면적은 베를린의 구분의 일 정도밖에 되지 않고, 내가 머문 호스텔이 도심의 중심지에 있어서 도보로 어디든 갈 수 있었다. 하우스아르바이트 작업을 위해 수많은 카페를 다녔는데, 그중 여러 번 방문해 단골손님이 된 곳도 있다. 카페 겸 바로 운영되는 '33|45'도 그중 하나다.

33|45에서 와인을 마시며 작업을 하던 어느 날 저녁의 일이다. 허름한 차림의 두 사람이 길 건너편 터키 음식점 앞에서 메뉴를 구경하고 있었다. 한 명의 머리 스타일이 독특해서 눈에 띄었다. 드레드락스를 하고 있었는데, 길이가 어찌나 긴지 두상 위에 머리를 배배 꼬아 얹은 모양이 둥지 같아 보였다. 키는 190센티미터가 훌쩍 넘어 보였고, 덩치도 거대했다. 마치 「반지의 제왕」에서나 접할 수 있을 것 같은 모습이었다. 옆에 서 있는 친구 역시 멀대같이 키가 컸지만, 빼빼 마른 체구가 일행과 대비되었다. 막연한 호기심이 생겼고, 한마디라도 걸어 보고 싶었다. '괜히 이상하게 생각하지 않을까…' 고민하다가 든 생각은 '왜 안 돼'! 그 둘 뒤에 서서 메뉴를 구경하는 척하고 있자니, 인기척을 느낀 두 사람

이 뒤를 돌아봤다. 나는 웃으며 'I like your hair(머리 스타일이 멋진데?)'라고 말했고 그는 고맙다고 답했다. 이어서 그는 여기 터키 음식점에서 먹어 봤냐고 물었고, 나는 먹어 본 적이 없다고 답했다. 그 외에는 별다른 이야기를 나누지 않은 채 우리는 각자의 길을 갔다.

다음 날, 또다시 배낭을 짊어지고 거리를 배회하다가 햇살이 잘 드는 바깥 자리가 있는 카페를 찾았다. 그나마 익힌 스페인어로 "Una copa vino blanco(화이트 와인 한 잔)?" 하고 주문한 후 자리에 앉아 맥북으로 글을 쓰고 있었다. 그런데 잠시 후, 맞은편에 낯익은 두 사람이 앉는 게 보였다. 전날 밤, 터키 음식점 앞에서 만난 둥지 머리의 사람과 그의 친구였다. '어!' 하고 서로를 알아본 우리는 반가운 인사를 나눴다. 두 친구는 나에게 합석하겠냐고 물었고, 나는 고민 없이 자리를 옮겼다.

둘은 스웨덴에서 여행을 왔다고 했다. 무슨 대화를 나눴는지 정확히 기억은 나지 않지만, 이야기 내내 편하고 즐거웠던 감정만은 또렷이 생각난다. 대낮부터 와인을 잔뜩 마신 우리는 햇살이 쨍쨍한 바르셀로나를 함께 산책했다. 사람도 구경하고, 스케이트보드 숍과 구제 숍도 들르고 하다 보니 금세 시간이 흘렀고, 어느덧 하늘이 어둑어둑해졌다. 우리는 '해가 뜨면 술을 마시고, 해가 지면 또 술을 마셔야지!' 하며 근처의 바를 찾아갔다. 한참 즐거운 대화가 이어지던 가운데 한 친구가 피곤하다며 먼저 호스텔로 돌아갔고, 나와 둥지 머리 친구는 계속 시간을 보냈다.

술집을 나와 밤길을 조용히 걷는데, 그가 나에게 손을 잡겠느냐고 물으며 커다란 손을 펼쳐 보였다. 덩치가 거대한 사람이 그런 작고 예의 바른 질문을 하는 모습이 귀여웠다. 내가 마음에 들었나 보다. 나도 그가 마음에 들었다. 나는 웃으며 '그래!'라고 답했고, 우리는 손을 잡은 채 또 한참을 걸었다. 아쉽게도 그 친구는 다음 날 스웨덴으로 돌아갔기 때문에 더 이상 함께 시간을 보내지는 못했다. 하지만 지금도 가끔씩 떠오르는 재미있는 추억이다. '왜 안 돼' 마인드가 아니었다면, 간직하지 못했을 소중한 장면이기도 하다.

바르셀로나에서 만난 또 한 명의 친구가 생각난다. 인도 식당 겸 바인 '수리아 포 클라리스(Surya Pau Claris)'에서 알게 된 친구다. 이곳은 호스텔 주변에 위치했기 때문에, 하루 일정을 마무리하고 돌아가는 길에 잠시 들러 칵테일 한 잔을 마시며 글을 수정하곤 했다. 어느 날 밤, 옆 테이블에 앉아 있던 사람들 중 한 명이 내게 뭘 그리 열심히 하는 것인지 물었다. 학교 과제를 하고 있다고 설명했다. 바르셀로나 학생이냐는 질문에 한국에서 왔지만 뉴욕 대학생이고, 뉴욕 대학생이지만 베를린에서 교환학생으로 공부 중이고, 베를린 교환학생이지만 피치 못할 사정으로 바르셀로나에서 과제를 하고 있다고 답변했다. 대답을 하고 나니, 내가 한 말이 우습게 느껴졌다. 나를 이상한 사람이라 생각했을 것이다. 알고 보니 그 친구는 베를린에서 바르셀로나로 공부하러 온 교환학생이었다. 제대로 된 대화를 나누지는 못했는데, 잠시 후 그는 일행과 함께 자리를 떠나면서 페이스북을 통해서라도 연락을 하자고 했다.

그리고 일 년 반 후, 2015년 겨울방학 때 잠시 베를린을 찾았다가 이 친구에게 연락을 하게 되었다. 새해에 뭐 하냐고 물었더니, 친구들과 술집 겸 클럽을 오픈할 계획이라 공간 준비로 바쁘다는 답이 돌아왔다. 별다른 계획이 없었던 나는 혹시 필요한 도움이 있으면 말해 달라고 했고, 그는 지금 공간을 꾸며야 하는데 좋은 생각이 있냐고 물었다. 빈 벽이 있냐고 했더니 그렇다고 하길래, 벽화를 그려 주겠다고 했다. 그렇게 잘 알지도 못하는 사람이 베를린에 오픈한 술집에 가서 벽화를 그렸다. 참고로 그 벽화는 아직까지도 남아 있다고 한다.

◆◆◆

바르셀로나에서 가진 짧지만 즐거운 만남, 그리고 벽화까지 그리게 된 우연의 기회. 확실히 '왜 안 돼?'의 태도는 여행을 더욱 즐겁고 재미있게 만들어 주는 것 같다. 2017년 겨울의 베트남 여행도 그랬다.

당시 친하게 지내던 외국인 친구가 둘 있었다. 한 명은 경리단길 '우리슈퍼'에서, 한 명은 이태원 클럽 '파우스트' 바깥에서 만났다. 두 친구 모두 교환학생으로 서울에서 공부하고 있었는데, 취향, 성향, 유머 코드가 아주 잘 맞아서 셋이 삼총사처럼 붙어 다녔다. 한 달이 조금 넘는 시간 동안 우리는 함께 동묘에서 두루마기도 사 입고, 을지로 포장마차에서 소주도 마시고, 주말마다 이 태원 '볼노스트'와 합정 '벌트'에서 춤추며 놀았다. 그러다 어느덧 한 친구가 떠날 때가 찾아왔다. 어떤 목적에 의해 잠시 한국을 찾은 외국인 친구와 가까이 지내면 늘 이것이 문제다. 그들이 서울에서 보내는 시간이 제한적이라는 것.

여하튼 그 친구는 서울을 떠나기 전 연말에 베트남 여행을 계획하고 있었고, 나머지 친구와 나는 '가고 싶다'는 말만 되풀이했다. 여행을 함께하고픈 마음은 컸지만, 현실적으로 불가능하다고 여겼다. 50만 원대인 비행기 티켓 값도 부담스러웠고, 성탄절과 새해는 가족, 가까운 친구들과 서울에서 보내는 편이 안전하다는 생각이었다. 그런데 출국일 열흘 전에 나머지 한 친구마저 항공권을 구매했다. 이제 상황이 이 대 일로 역전되어 버렸다. 두 친구는 잠잘 곳은 걱정할 필요 없다, 끼니는 우리가 다 사 주겠다 등등 온갖 감언이설로 나를 꼬셨다.

하지만 확신이 들지 않았다. 나는 혼자 하는 여행을 선호하기 때문이다. 또 두 친구와 서울에서는 정말 친하게 지냈지만, 미지의 도시에서 며칠 내내 함께 보내는 것은 완전히 다른 이야기였다. 괜히 좋은 관계를 망치고 싶지 않았고, 연말만큼은 어떤 위험 부담도 감수하고 싶지 않았다. 한편으로는 어떤 예측도 불가한 이 여행이 그만큼 재미있을 수 있다는 생각도 들었다. 고민의 시간이 길어지면 티켓 값만 올라갈 뿐이었다. 결국 나는 '에라, 모르겠다'를 외치며 출국 삼 일 전에 항공권을 구매했다.

결과적으로 베트남에서 나는 지금껏 보낸 새해 중 가장 즐거운 시간을 만끽했다. 베트남 호찌민은 물가가 저렴해서 먹고 마시는 데 아무런 부담이 없었고, 코딱지만 한 작은 호스텔 방에서 셋이 묵었는데도 전혀 불편하지 않았다. 만반의 준비를 하고 간 여행이 아니었기에, 매 순간이 예측 불가, 상상 이상이었다. 메콩강을 가고자 버스를 탔다가 잘못 내려서 한참 헤매기도 하고, 길에서 마주친 사람에게 오토바이를 빌려 논밭 옆을 질주하기도 했다. 술집에서 우연히 만나 대화를 나누던 사람의 조언에 따라, 해변에서 열린 페스티벌을 찾아 신나게 놀기도 했다. 그렇게 우리는 베트남에서 오 일간 그 어느 때보다 신나고 버라이어티한 성탄절과 새해를 보낼 수 있었다. 계획되지 않은 여행이 가장 재미있다는 사실을 다시 한 번 확인한 경험이었다.

무모해서 얻은 것과 잃은 것

'왜 안 돼?'를 추구하는 삶의 태도를 한마디로 요약하면, 무모함이라고 할 수 있다. 나는 이성의 불이 켜질 시간을 주고 싶지 않을 때, 생각하지 않고 계산하지 않고 무언가에 뛰어들고 싶을 때, 겁내고 멈추려는 나를 응원하고 싶을 때마다 '왜 안 돼?'를 외쳤다. 덕분에 베를린 교환학생도 신청할 수 있었고, 혼자 떠난 여행에서 즐겁고 행복한 추억도 많이 만들 수 있었다.

하지만 세상에 공짜는 없는 법. 무모함 덕분에 많은 것을 얻었지만 당연히 잃은 것도 있다. '왜 안 돼?'는 '생각'보다는 '행동'에 방점이 찍힌 질문으로, 아무래도 이 태도를 추구하다 보면 현명한 판단이나 결정이 어려울 수 있다. 별생각 없이 일단 덤볐다가 큰코다친 대표적인 사례는, 베를린 교환학생을 마치고 뉴욕으로 돌아왔을 때 벌어졌다.

독일을 떠나기 전 나는 아쉬운 마음이 가득했다. 헤어나기 어려울 정도로 베를린에 푹 빠져 버렸기에, 가능하기만 하다면 뉴욕으로 돌아가고 싶지 않았다. 하지만 그럴 수는 없었기에, 대신 미국으로 돌아가는 날짜를 최대한 늦춰 버렸다. 첫 학기가 시작되는 9월 2일 비행기를 탄다는 계획이었다. 무모한 판단에 대해 주변 사람 모두 의아해했다. 짐도 풀어야 하고, 학기 전 준비할 것도 많은데 왜 그렇게 빡빡한 일정으로 돌아가려고 하느냐며 말리는 사람이 대다수였다. 하지만 나는 아랑곳하지 않았다. 왜 안 돼?! 어차피 학기가 시작하고 이 주 동안은 수업 '쇼핑 기간'으로 출석이 필수가 아니다. 굳이 학기가 시작하기 전에 뉴욕으로 돌아가야 할 이유를 찾을 수 없었다. 아니, 찾고 싶지 않았다는 것이 정확한 표현일 것이다. 게다가 내가 이미 훤히 아는 뉴욕과 컬럼비아대이므로, 이런저런 준비는 필요 없다고 믿었다.

완벽한 오판이었다. 앞서 말했듯 일 년 만에 다시 찾은 미국과 뉴욕은 나에게 역-문화 충격을 안겨 줄 만큼 낯설었다. 독일에서 보낸 일 년 동안 내가 많이 변해 버린 관계로, 익숙하다고 여겼던 뉴욕이 너무도 생경하기만 했다. 좀 더 일찍 뉴욕에 돌아와 적응의 시기를 거쳤다면 나았을 텐데, 아무런 준비 없이 시작한 학교생활은 지옥 그 자체였다. 컬럼비아대에서 요구하는 출석 일수, 수업 진행 강도, 과제의 양은 베를린자유대학교와는 확연히 달랐고, 그것이 너무 힘들었다. 뉴욕이 너무 싫었고, 학교는 더 싫었다.

더욱 큰 문제는 나의 집이었다. 학교에서 지나치게 먼 곳에

새집을 구한 것이 화근이었다. 베를린에서 생활하기 전까지만 해도 '나의 동네'라는 개념이 없었다. 서울에서는 부모님 집에서 살았고, 교환학생으로 떠나기 전까지 뉴욕에서는 캠퍼스 내 기숙사에서 지냈기에 그 어느 곳도 '나의 동네'라고 칭하기 애매했다. 그러다 베를린에서 처음으로 '나의 동네'가 생겼고, 이 동네에서 흥미로운 일들을 많이 겪었다. 무엇보다 재미있는 사람들은 학교 캠퍼스가 아닌 캠퍼스 밖 도시에 있고, 진정한 배움은 학교가 아닌 길거리에서 이루어진다는 사실을 깨달았다.

　　뉴욕으로 돌아온 후에도 학교와 집을 분리하고 싶었다. 베를린에서 미리 뉴욕 집을 찾는 도중에 룸메이트를 구하는 친구의 친구를 소개받았다. 두 사람이 브루클린 부시윅에 위치한 아파트에 사는데, 한 명을 더 구한다고 했다. 부시윅은 컬럼비아대에서 대중교통으로 한 시간이 넘게 걸리는 지역이었다. 하지만, 왜 안 돼?! 베를린에서도 학교와 집 사이의 거리가 15킬로미터 정도였지만 아무 문제 되지 않았는걸! 결국 나는 크게 고민하지 않고, 학교로부터 19킬로미터 떨어진 곳에서 한 번도 만나 보지 않은 두 친구와 함께 살기로 결정했다.

　　그러나, 안 그래도 학교생활이 힘든 가운데 한 시간 반이 넘는 통학 시간은 극심한 스트레스로 다가왔다. 함께 사는 친구들도 생각보다 편하지 않았다. 모든 것이 불편하고 어려웠다. 혼자 술을 마시는 습관이 악화되었고, 악순환의 굴레에 갇힌 나는 벗어나지 못하고 점점 지쳐 가기만 했다. 뉴욕에 다시 적응할 시간이 있

었다면, 학교와 좀 더 가까운 곳에 살았다면 그나마 나았을 것이다. 하지만 나의 무모함이 모든 것을 그르치고 말았다. 나는 결국 학교에도, 뉴욕 생활에도, 나의 동네에도 적응하지 못했다. 잊을 수 없이 고통스러운 시기였다.

제1세계의 고민거리

내가 많이 고생해 본 사람이라고 말할 수는 없을 것 같다. 그래서 나의 고생담을 이야기하는 것이 다소 낯 뜨겁기도 하다. 대학 시절 이런 낯 뜨거움을 벗어나고자 친구들과 자주 주고받던 표현이 있다. 바로 'First world problems(제1세계의 고민거리)'라는 표현이 다. 우리말로 치자면 '배부른 소리 한다'라고 할 수 있다. '제1세계의 고민거리'는 다양한 상황에서 드러나는데, 몇 가지의 예시는 다음과 같다.

A: I need help. I can't decide which party to attend this Saturday. There are too many tempting options!
(A: 도움이 필요해. 이번 토요일에 어느 파티에 놀러 갈지 결정을 못하겠어. 가고 싶은 곳이 너무나 많아!)

B: #Firstworldproblems.

(B: 해시태그 제1세계의 고민거리다.)

A: This $1,100 CDG jacket is much slicker than that Balenciaga one, but it's only 10% off rather than 15%.

(A: 이 130만 원짜리 꼼데가르송 재킷이 저 발렌시아가 재킷보다 훨씬 번드르르하고 예쁜데, 할인을 15퍼센트가 아니라 10퍼센트밖에 안 해.)

B: First world problems, first world problems.

(B: 심각하네, 제1세계의 고민거리지.)

A: I'm truly craving this tuna sashimi drizzled with a refreshing ginger ponzu sauce sprinkled with white sesame seeds, but I believe I can only afford the spicy Tonkotsu ramen tonight. I'm disheartened.

(A: 마음 같아서는 신선한 유기농 생강 폰즈소스와 참깨가루가 뿌려진 참치 회를 시키고 싶은데, 오늘은 돈이 없네. 어쩔 수 없이 매운 돈코츠 라멘으로 때워야겠네. 실망스러워.)

B: First world problems…

(B: 제1세계의 고민거리…)

지금껏 공유했고, 또 앞으로 공유할 나의 고생담은 명백히 '제1세계의 고민거리'다. 그럼에도 이 이야기를 털어놓는 이유는, 제1세계의 고생이든 제3세계의 고생이든, 고생이 가지는 의미는 그 자체로 크다고 믿기 때문이다.

세상에 고생하고 싶어 하는 사람은 없다. 고생은 대개 부정적인 경험으로 인식되지만, 한 인격체가 성장하는 데 큰 도움을 주기도 한다. 나는 고생을 통해 종종 잊기 어려운 삶의 배움을 얻었다. 넘어지고 다치는 과정은 당연히 아프고 힘들었지만, 거시적으로 나의 피부와 뼈를 단단하게 만들어 주었다. 이 유의미한 고생의 이야기들이 지금 어딘가에서 홀로 힘들어하고 있는 사람들에게 아주 조금이나마 위로가 되었으면 좋겠다는 마음으로, 하나씩 풀어 보려 한다.

'물욕의 화신'과 '무소유의 기쁨'

고등학교 시절, 주변 친구들은 나를 호더(hoarder)라고 부르곤 했다. 집을 치우지 않은 채 물건을 쌓아 두는 습관 때문이었다. 내가 비축해 놓던 것들은 옷, 신발, 스카프, 액세서리, 가방에 그치지 않았다. 기숙사 방을 꾸미는 것을 좋아했기 때문에 온갖 소품, 엽서, 포스터, 사진을 엄청나게 사들였다. 그리고 마치 세상의 종말을 위해 준비한 듯한 많은 양의 간식까지. 내 방은 바닥, 벽, 천장 그 어느 곳도 빈틈을 찾아보기 어려웠다고 해도 과언이 아니다.

　그 결과, 고등학교를 졸업할 무렵 내 짐은 50*50*30센티미터 박스 열세 개에 달했다. 대부분의 학생은 박스를 두 개, 많아야 다섯 개를 사용하는데, 나는 무려 열세 개였다. 나는 고등학교 역사상 가장 많은 박스를 사용한 학생으로 소문났다. 이처럼 소유욕이 많았던, 그야말로 '물욕의 화신'이었던 내가 지금은 무소유

의 기쁨을 전파하고 다닌다. 대체 무슨 일이 있었던 걸까? 그것은 2013년 9월 25일, 다시는 기억하고 싶지 않은 하나의 사건에서 비롯되었다.

◆◆◆

나는 아침형 인간이라서 이른 시간 카페에서 공부하는 습관이 있다. 문제의 그날도 아침 일찍 스타벅스를 찾았다. 조금은 덜 어수선한 2층에 자리를 잡고 한창 공부에 열중하는데, 한 집시가 2층으로 올라왔다. 베를린 시내에서 자주 볼 수 있는 집시들은 기차역 주변과 카페를 돌아다니며, 본인의 열악한 상황을 설명하는 종이를 보여 주면서 도움을 요청하곤 한다. 그 집시 역시 손님들이 앉은 모든 테이블에 접근했고, 어느새 내가 앉은 테이블에 당도했다. 아이팟을 들으며 공부하고 있던 나는 애써 그를 못 본 척했고, 다행히 그는 내 곁에 오래 머무르지 않았다.

그런데 잠시 후, 아이폰이 보이지 않았다. 분명 테이블 위에 놓아두었는데 아무리 찾아도 없었다. '어라? 바로 여기에 있었는데? 어디에 있지? 도대체 어떻게 된 거지?' 다음 날 친구들을 만나 자초지종을 설명하니, 그것이 집시의 수법이라고 했다. 집시들은 종이를 테이블 위에 올린 뒤 몰래 소지품을 빼낸다는 것이었다. 혹시 보험 처리가 될까 싶어 통신사 매장을 찾았지만, 한국에서 구입한 제품이기 때문에 베를린 통신사 측에서 줄 수 있는 도움이 없다고 했다. 할 수 없이 새로운 아이폰을 구매했다. 만약을 대비해 적지 않은 추가 비용을 지불하고 보험도 들었다.

며칠 후 친구들과 시간을 보내다가 아이폰을 꺼내자 한 친구가 '에? 아이폰 찾았어? 금세 또 생겼네?'라며 놀라워했다. 다시 구매했다고 말하자, 친구는 '그렇다고 새 제품을 샀어? 중고 아이폰이 없었어?'라고 되물었다. 낯 뜨거웠다. 중고를 알아볼 생각조차 하지 못했기 때문이다. '내가 왜 그 생각을 못했지? 저렴한 구형 아이폰을 충분히 구할 수 있었을 텐데…' 베를린에서 생활하며 경제적 독립을 고민하기 시작한 무렵이라 경제 관념이 부족했었다.

그런데 사건은 이것으로 끝난 게 아니었다. 정확히 삼 주 후 같은 스타벅스 2층에서 공부하고 있었고, 또다시 집시가 2층으로 올라왔다. '정신 바짝 차려야지!' 마음을 먹고 테이블 위에 너저분하게 펼쳐져 있던 공책, 교재, 필통, 아이팟, 아이폰 등을 감싸 안은 채 집시에게 저리 가라고 손짓했다. 그럼에도 곁을 맴돌던 집시가 막 계단을 내려갈 때, 혹시 몰라 소지품을 확인하니 맙소사, 아이폰이 또 보이지 않았다. 어안이 벙벙했다. 그때의 정신적 충격, 그리고 신체적 반응이 아직도 생생히 기억난다. 당황과 분노가 온몸을 감쌌다. 혈액순환이 되지 않는 것 같았고, 심장은 엄청난 속도로 뛰었다. 집시가 떠난 지 얼마 되지 않았기 때문에 재빨리 계단을 뛰어 내려가 바깥으로 나갔지만, 집시는 벌써 인파 속으로 사라져 보이지 않았다.

분노, 억울함, 자기혐오가 나를 덮쳐 왔다. 집시가 원망스럽

고 괴씸하기도 했지만, 무엇보다 같은 수법에 두 번이나 당한 스스로가 한심하고 화가 났다. 그나마 다행인 것은 보험을 들었다는 사실이었다. 애써 마음을 가라앉히고 통신사 매장으로 향했다. 직원이 내 얼굴을 알아보고 미소를 지었다. 삼 주 전에 아이폰을 도난당했다며 찾아온 사람이란 걸 기억하나 보다. 정말 창피했지만, 또 아이폰을 도난당했다고 말한 뒤 보험 처리 과정이 어떻게 되는지 물었다.

그런데 문제가 있었다. 보험 처리 서류의 도난 사유에는 'lebensbedrohlicher Zustand'라고 적혀 있었다. 영어로는 'life threatening condition', 즉 생명을 위협받은 상황이어야 보험 적용이 된다는 뜻이었다. 매장 직원은 나에게 생명을 위협당했는지 물었다. 아니었다. 내 상황을 이해한 직원은 경찰서에 가서 생명을 위협당할 수 있는 상황이었다는 증명 서류를 받아 오는 방법이 있다고 말했다. 너무 억울해서 그냥 넘기고 싶지 않았다. 이번에는 보상을 받아야만 한다고 이를 악물었다. 마음을 단단히 먹고 경찰서를 찾았지만, 당시 상황이 잘 기억나지는 않는다. 아마도 제정신이 아니었던 모양이다. 떠오르는 장면은 경찰서에서 누군가와 이야기를 나누던 모습, 그리고 경찰서 바닥에 앉아서 울던 나의 서러운 얼굴뿐이다. 결국 보험 처리는 받지 못했다.

'아이폰 사건'으로 인해 나의 자존감은 급하락하고 말았다. 어찌나 생각이 없는지, 아이폰을 도난당하자마자 새 아이폰을 구매했다. 어찌나 덜렁대는지, 고작 삼 주 만에 같은 수법에 당하고 말았다. 내 자신이 한심하기 그지없었다. 두 번째 도난 사건 후에는 약 한 달간 휴대폰 없이 살았다. 애초에 아이폰이 없으면 도난당할 일도 없으니 말이다.

♦♦♦

사실 나는 어릴 때부터 덜렁대는 성격 때문에 물건을 잘 잃어버렸다. 부모님께 꾸지람을 들은 적도 여러 번이지만 쉽게 고쳐지지 않았고, 대학생이 되어서도 지갑이나 휴대폰같이 중요한 소지품을 종종 잃어버리곤 했다. 큰코다쳐야 정신 차린다는 말, 백번 맞는 말이다. 아이폰 사건 이후에야 나는 정신을 똑바로 차렸다. 그래서 이제 덜렁대는 습관을 완전히 고쳤냐고 묻는다면, 그렇진 않다. 대신 소유욕을 버리게 되었다. 소유하는 것이 없으면 잃어버릴 것도 없다는 단순한 논리랄까.

2013년 이후 나는 단 한 번도 새 아이폰을 구매하지 않았다. 휴대폰뿐 아니라 다른 물건도 마찬가지다. 내 휴대폰은 늘 중고 아이폰이고, 지갑은 초등학생이 쓸 법한 작은 주머니다. 잃어버리거나 도난당할 일을 감안해 더 이상 값비싼 소지품은 지니고 다니지 않는다. 그러다 보니 자연스레 무소유의 기쁨을 느끼게 되었다. 소유하는 것이 적을수록, 그리고 소유하는 것의 금전적인 가치가 적을수록 뭔가를 잃어버릴 걱정도 덜 하게 되었고, 그만큼 내 마음도 편해졌다. 또 가지고 다니는 물건이 적어지니 몸도 그만큼 가벼워져서 행동도 훨씬 자유로워졌다. 생각하면 아직도 치가 떨리는 그때의 고생이 내게 무소유의 가치를 알려 준 것이다. 물론 가진 것이 아예 없지 않으니 무소유라는 표현은 맞지 않긴 하다. '덜 소유' 정도라고 하면 되려나.

정리로 얻은 것과 잃은 것

'무소유', 아니 '덜 소유' 하는 삶을 추구하는 데 있어 큰 도움이 된 습관이 있다. 바로 정리하는 습관이다. 정리는 물질적 정리와 정신적 정리로 나눌 수 있는데, 물질적 정리의 경우 실질적으로 내가 소유하던 물건들을 줄임으로써 덜 소유하는 삶을 가능케 했다. 그리고 정신적 정리의 경우, 다양한 생각, 우선순위, 이해득실을 고려하며 내게 진정으로 필요한 것이 무엇인지 찾고, 이를 통해 잡을 것과 내려놓을 것을 구분 지을 수 있었다. 이는 물건뿐 아니라 꿈과 목표도 덜 소유할 수 있게 만들었고, 결국 내가 잡은 꿈과 목표에 더욱 집중하도록 도와줬다.

◆◆◆

2014년 10월 휴학 후 서울로 돌아올 당시 나는 많은 것을 내려놓았다. 물질적으로는 유학 생활 팔 년간 모은 개인 짐을 거의 대부분 정리했다. 이 짐은 단순한 물건이 아니었다. 뉴욕과 베를린에서 생활하며 차곡차곡 쌓은 짐 하나하나가 모두 추억을 담은 기념품에 가까웠다. 아쉽게 이별을 고한 몇 가지가 떠오른다. 고등학교 주변 시골의 보석 같은 앤티크 숍에서 발굴한 피에로가 그려진 빨간 빈티지 테이블, 대학교 기숙사 방에서 파티할 때마다 근사한 배경이 되어 준 가네샤 태피스트리, 베를린 장터에서 찾은 옛 동독 중학생이 들 법한 가죽 배낭, 베를린에서 삼 일 동안 집에 가지 않고 놀던 시절에 자주 입던 멜빵바지… 홀로 유학 생활을 하며 모은 물건 하나하나에는 소중한 추억과 기억이 담겨 있었다. 2013년 아이폰 사건 이후로도 바로 이 물건들을 처분하지 못한 이유다. 하지만 휴학과 함께 결국 모두 정리할 수밖에 없었다.

결정적인 계기는 뉴욕 복귀 후 나의 마음가짐이었다. 여러 번 이야기했듯이 베를린에서 일 년을 보낸 후 다시 찾은 뉴욕은 내게 충격과 혼란 그 자체였다. 안 그래도 정신적, 심적 압박이 큰 상황에서 무수히 많은 짐들은 내게 또 다른 부담으로 다가왔다. 베를린으로 떠날 때 뉴욕에서 가져가지 못한 짐들은 일 년간 물품 보관소에 맡겨 놨었는데, 뉴욕으로 돌아오자 그것들이 내 앞에 쌓였다. 그리고 베를린에서 일 년간 생활하며 생긴 또 다른 짐들. 수많은 박스를 바라보며 한없이 암담했다. 도대체 무얼 위해, 누굴 위해 이 많은 물건들을 끌어안고 사는 것인지 의문이 생겼다. 마음에 긍정의 에너지가 조금이라도 남아 있었다면, 그저 천천히 짐을 풀고 학년을 시작했을 것이다. 하지만 그 당시 나는 세상의 벼랑 끝에 서 있는 기분이었다. 그렇게 하루하루 힘겨운 시간을 보내고 있던 어느 날, 엄마에게 장문의 문자메시지가 왔다.

> "어찌 보면 일 년도 채 남지 않은 뉴욕에서의 시간이고,
> 컬럼비아 학생으로도 마지막 몇 달의 시간이고… 물론
> 처음 기대와는 달리 학교에서 얻는 게 없다는 회의가 드나
> 본데, 그렇다고 그냥 될 대로 되라, 시간만 가라, 하기엔
> 너무 아까운 기회이고 조건이잖아. 나중에 내가 왜 그때
> 그렇게 시간을 보냈을까, 후회하지는 않을까? 네가 그곳
> 학교생활을 어떻게 생각하고 받아들이느냐의 문제야. 처음
> 유학 시작했을 때의 엠마(고등학교)에서, 또 컬럼비아에
> 합격해서 한껏 의욕이 넘치던 그 초심으로 돌아가 봐.
> 그래서 지금 남은 시간들을 온전히 너의 것으로 만들어 봐.
> 온갖 잡생각 집어치우고, 어떻게 남은 몇 달을 즐겁게 잘
> 보낼까만 생각해… 엄마랑 아빠는 네가 그렇게 마지막까지
> 씩씩하게 있다가 돌아오길 바라."

진심으로 응원해 주는 부모님이 든든하고 고마웠지만, 그때의 나는 너무도 지친 상태라서 좀 더 노력해 볼 그 어떤 에너지도 남아 있지 않았다. 사소한 일로 자꾸만 울게 됐고, 혼자서 술도 계속 마셨다. 결국 뉴욕 복귀 한 달 만에 병가 휴학 처리를 하고 거

의 도망치듯이 서울로 돌아왔다. 이때 상당한 양의 짐을 정리했다. 서울로 돌아올 때 허용되는 트렁크 두 개에 들어가지 않은 모든 짐을 버렸다. 팔 년간 붙잡고 있던 추억을 한순간에 포기했다. 더 이상 붙잡고 있을 힘이 없었기 때문이다.

당시에는 몰랐지만, 이제 와 돌이켜 보니 그때 짐을 정리하길 다행이었다. 그 무수한 짐을 어떻게든 껴안고 서울로 왔다면, 나는 그곳에서의 고통과 어두움에서 벗어나지 못했을 것이다. 그리고 시간이 흘러 마음과 정신을 가다듬은 후 알게 된 것은, 좋은 기억은 추억할 물건이 없더라도 내 마음속에 살아 숨 쉰다는 사실이다.

◆◆◆

이후 나의 정리 습관은 더욱 본격화되고 체계화되었다. 사람에 따라 다르겠지만 누구나 필요한 것과 필요하지 않은 것이 있는데, 무소유를 지향하는 태도는 이 둘을 구분 짓고 정리하는 데서 시작된다. 나의 경우 어느 순간부터 신형 아이폰, 화장품, 불편한 신발, 값비싼 가방 등이 불필요하다고 판단되었다. 그래서 과감히 정리! 그리고 내가 아직까지 불필요하다고 여겨 소유하지 않는 것 중 하나는 자동차다.

2016년 졸업 후 서울로 돌아오기 전까지는 자동차나 운전면허가 나의 의제 목록에 오르지 못했다. 뉴욕은 항상 교통 체증이 심하고 어디든 주차료가 비싸기 때문에, 차는 불필요한 사치다. 뉴욕에서는 자동차를 몰고 다니는 사람을 바보라고 하는 경우도 있다. 베를린은 교통 체증이 심하지는 않지만, 비자본적이고 환경친화적인 도시다 보니 내 주변 모두는 자전거와 대중교통만 이용했다.

그러다 서울에 오니 부모님이 운전면허를 따지 않겠냐고 물었다. 차를 갖거나 운전하고 싶은 마음은 없었지만, 별달리 할 일이 없기도 했고 부모님이 워낙 적극적으로 권하셔서 운전면허를 땄다. 그리고 몇 년 후, 한동안 장롱 안에서 잠자고 있던 면허를 꺼낼 기회가 생겼다. 별문제 없는 멀쩡한 자동차를 공짜로 얻을 수 있는 기회가 찾아온 것이다. 자동차가 생기면 아무래도 외출이 좀 더 편할 것이고, 친구 두세 명과 함께 국내 여행도 다닐 수 있을 터였다. 혹하는 마음이 들지 않을 수 없었다.

하지만 생각을 정리해 보니 내가 살아가려는 삶에 자동차는 불필요했다. 나는 당분간 대도시에 거주할 확률이 높았는데, 서울, 뉴욕, 베를린과 같은 도시에는 대중교통 시스템이 잘 갖춰져 있고, 피치 못할 상황을 위한 택시도 있다. 또 교통 체증이 심할 때는 자전거만큼 속 시원한 교통수단이 없다. (물론 뉴욕이나 베를린과 달리 서울은 언덕이 많아서, 내가 원하는 만큼 자주 자전거를 이용하지는 못하고 있다.) 게다가 자동차를 소유하는 장점보다 단점이 더 크게 다가왔다. 유지비, 수리비, 관리비, 보험료도 부담스러웠고, 주차 스트레스와 사고의 위험도 걱정되었다. 그리고 전기차가 아닌 이상 환경친화적이지 않다는 점에서 내 삶의 지향점과 맞지 않았다. 그렇게 나는 과감히 차를 포기했다.

　　이처럼 정리로 인해 나는 추억이 담긴 짐들과 자동차(정확
히는 자동차를 소유할 기회)를 잃었다. 대신 정리로 인해 얻은 것은
수없이 많다. 내게 필요한 것과 필요하지 않은 것을 가르는 기준,
필요하지 않은 것을 포기할 줄 아는 용기, 그리고 필요한 것에 집
중할 수 있는 여유가 그것이다.

'포기'라는 용기

쉽게 포기하지 않는 인내심은 여러 문화에서 존중받는다. 제30대 미국 대통령 캘빈 쿨리지는 '재능, 천재, 교육을 포함해 세상의 그 무엇도 인내와 의지를 대신할 수 없다'고 했다. 한국 속담 '참을 인(忍) 자 셋이면 살인도 면한다' 역시 인내심의 가치를 말해 준다. 목표를 향해 포기하지 않고 꾸준히 노력하는 삶의 태도를 지지하지 않는 사람은 거의 없을 것이다.

하지만 그 어떤 태도도 모든 상황에서 통하는 정답일 수는 없다. 절대로 포기하지 않는 태도 역시 마찬가지라고 생각한다. 첫째, 사람은 누구나 변하기 때문이다. 한 개인이 성장하고 가치관이 재형성되면, 기존에 추구하던 가치나 목표 중 자연스레 포기해야 할 것들이 생기기 마련이다. 그래야 새로운 것에 도전할 수 있으니 말이다. 둘째, 인내심은 때로 불필요하게 많은 정신적 에

너지를 소비하게 만들기 때문이다. 한 개인에게 주어진 자원과 에너지는 한정적이라는 사실을 우리는 잊지 말아야 한다. 둘 다 가질 수 있는 경우는 많지 않으며, 하나를 가지려면 하나를 포기할 수밖에 없는 경우가 대부분이다.

물론 취사선택의 상황이 아니라, 무언가를 추구하는 과정에서의 포기는 다른 문제일 수 있다. 다른 것을 얻기 위해서가 아니라 단지 지금이 힘들고 고통스러워 포기하고 싶을 때, 우리는 스스로를 나약하다고 채찍질하며 인내를 강요한다. 하지만 상황에 따라서는 참고 버티는 것이 독이 될 수 있다. 그리고 이럴 때는 '포기'가 곧 '용기'일 수 있다. 오랫동안 바라고 노력해 왔지만 이룰 수 없는 것을 포기할 줄 아는 태도는, 새로운 도전에 뛰어들기 위한 용기가 된다는 이야기다.

◆ ◆ ◆

나는 중학생 때부터 공부 욕심이 많았다. 전작 『인문학으로 콩갈다』에서 죽자 살자 공부하는 사회 분위기를 비판했지만, 사실 나역시 내 나름대로는 죽자 살자 공부했다. 최고의 성적을 받기 위해, 난이도 높은 수업을 통달하기 위해, 좋은 대학교에 가기 위해 최선을 다해 공부했고, 학업에 있어서는 무엇도 절대 포기하지 않았다. 그만큼 늘 만족스러운 결과도 따라 주었다.

독일에서는 아니었다. 아무리 열심히 해도 결과물이 따라주지 않았다. 독어로 철학 수업을 듣고 논문을 쓰는 일은 어렵고 힘들었고, 내가 겪어 보지 못한 좌절감을 안겨 주었다. 정말 답답하고, 창피하고, 분했다. 절대 포기하고 싶지 않아서, 지고 싶지 않아서, 지속적인 노력으로 버텨 봤지만 그럴수록 스트레스만 늘어날 뿐이었다. 스트레스를 도저히 감당할 수 없을 지경에 이르러서야 마침내 스스로에게 물어볼 수 있었다. '왜 이렇게 최고에 집착하는 거지? 나는 그저 1등을 하려고 공부하는 건가? 낯선 독어로 어려운 철학을 공부하는데, 어렵고 힘든 게 당연한 거 아닌가?' 갑자기 망치로 머리를 맞은 듯 한 가지 생각이 떠올랐다. '최선을 다하는 것이 곧 최상이다. 이렇게 스트레스를 받느니, 그냥 되는대로 하자!'

그렇게 나는 베를린에서 보낸 대학교 3학년 2학기가 되어서야 '되는대로'의 태도로 학업에 응하기 시작했다. 한편으로는 최우수 성적을 포기한 것이었고, 또 한편으로는 나 자신과의 타협점을 찾은 것이었다. 욕심을 내려놓고 내가 할 수 있는 선에서 최선을 다하자, 공부하는 과정이 더 이상 고통스럽지 않았다. 마음이 너무나 홀가분했다. A가 나오지 않아도 괜찮다고 믿기 시작하자, 어렵고 힘들기만 했던 공부가 재미있고 즐거워졌다.

학업적 스트레스가 줄어들자 삶에서 소비할 에너지가 생겼다. 그렇게 베를린이라는 도시를 온전히 느끼고 즐기기 시작하면서 깨달았다. 길거리와 사람들을 통해 삶에 생기를 불어넣는 크고 작은 배움을 얻을 수 있다는 사실을. 재미와 의미는 책에만 있는 게 아니었던 것이다. '되는대로'는 뉴욕에서 보낸 마지막 학년까

지 이어졌다. 아직 미래가 불분명하긴 했지만, GPA가 4든 3이든 중요하지 않았다. 나는 '3.3 GPA만 유지하자.'라는 여유로운 태도로 임하며, 최상위 성적을 받으려 노력할 시간에 브루클린 파티에 가서 친구들과 신나게 놀고 여러 인연을 쌓았다.

학교 수업에 쏟던 에너지의 일부를 외부에 소비했더니, 뜻하지 않은 기회들이 찾아왔다. 학교를 다니며 스타트업에서 일러스트레이터로 일해 보기도 했고, 작업 의뢰도 받을 수 있었다. 자연스럽게 내 인생의 다음 단계, 즉 커리어를 시작하기 위한 준비에 들어갈 수 있었던 것이다. 오랜 시간 고집해 온 최상위 성적을 포기하는 용기를 낸 결과였다.

◆◆◆

사회생활을 시작한 이후에도 나는 한 가지 커다란 것을 그만둔 적이 있다. 바로 안정적인 직장 생활이다. 2019년 여름, 컨티뉴에서 이 년간 근무한 나는 다른 회사로 자리를 옮겼다. 컨티뉴 근무 환경이 더할 나위 없이 즐겁고 자유로웠기 때문에, 한국 직장 생활에 대한 편견과 선입견이 사라진 상태였고, 그래서 새로운 회사에도 잘 적응할 줄 알았다. 하지만 출근한 지 며칠도 지나지 않아 회사를 다니고 싶지 않은 마음이 솟구쳤다. 내 머릿속은 수많은 이유, 핑계, 감정이 뒤섞여 금방이라도 터지기 일보 직전이었다.

'아무리 적응이 안 된다고 해도 최소한 몇 개월은 다녀 봐야 하지 않을까? 뭐가 이렇게 힘든 거지? 컨티뉴과 비교해서 출퇴근 시간과 점심시간이 유연하지 않아서인가? 새 직장에 들어오기 전에 너무 신나게 놀아서 게을러졌나? 요즘같이 해가 쨍쨍한 날에는 사무실 대신 수영장에 가서 태닝을 하고 싶은 건가? 퇴사하면 어떻게 되는 거지? 어떻게 먹고살 것인지 계획은 있는 걸까? 내가 원하는 게 뭐지? 난 누구지?'

생각이 꼬리에 꼬리를 물었다. 한편으로는 조금 창피했다. 아무리 포기할 줄 아는 능력이 중요하다고 해도, 지나치게 인내심이 없는 사람이 되고 싶지는 않았다. 하지만 나는 스스로를 믿었다. 내가 퇴사를 고민하는 데는 분명한 이유가 있을 거라고 생각했고, 그래서 제대로 분석해 보기로 했다. 그렇게 입사 일주일 만에 얼토당토않은 개인 프로젝트에 착수했다. 주제는 '박연은 왜 퇴사하고자 하는가'. 클라이언트와 프로젝트 매니저가 동일 인물인 조금은 엉뚱한 프로젝트였지만, 마치 컨설팅 회사에서 임무를 맡은 듯 성실하게 임하고자 했다. 목표 결과물은 '퇴사 보고서 ppt', 작업 일정은 이 주로 잡았다. 명확한 목표 의식으로 차분히 마음을 가다듬고 생각을 정리하니, 자연스럽게 목차가 완성되었다. 대략적인 구성은 다음과 같았다.

1. 현황: 그 당시 상황과 내 마음을 되짚어 보았다. 이직하게 된 배경과 이유를 정리했다.

2. 분석: 이직한 회사에 대한 인상과 내가 생각하는 좋은 회사의 기준을 분석했다. 좋은 회사의 기준은 목표가 있는 성장, 배

움의 재미, 경제적인 안정, 세 가지로 정리되었다. 그리고 궁극적으로 내가 살면서 하고 싶은 것, 원하는 것이 무엇인지 의식의 흐름에 따라 작성해 보았다.

3. 깨달음: 내가 발견하고 얻은 깨달음을 정리했다. 직장 생활에 있어 나의 우선순위가 어떻게 되는지, 그리고 예술적인 개인 작업에 있어 향상시켜야 할 부분이 무엇인지 생각해 보았다.

4. 선택지: 내 앞에 놓인 선택지를 종합했다. 풀타임 직장, 파트타임 직장과 파트타임 작업 병행, 풀타임 작업, 그리고 유학과 같은 선택지가 있었다.

5. 결정: 이렇게까지 정리를 하니, 퇴사하고자 하는 결정이 자연스럽게 느껴졌다. 하지만 결정만으로는 부족했다.

6. 계획: 퇴사하고 나면 인생을 어떻게 살 것인지에 대한 최소한의 계획이 필요했다. 차분하게 단계별로 단기·중기·장기적인 목표와 필요 자원을 정리했다.

계획대로 나는 퇴사 보고서를 이 주 만에 완성했고, 첫 출근 후 삼 주가 지나서 퇴사했다. 체계적으로 상황을 분석하고 나의 생각과 원하는 바를 정리하자, 비교적 (일단은) 가벼운 마음으로 짧은 직장 생활에 마침표를 찍을 수 있었다. 정리하는 습관이 포기할 수 있는 용기를 준 것이다.

1 현황

진로에 대한 고민이 다시 생기고 있다.

올해까지 컨티늄에서 회사생활과 개인작업을 병행하며 지낼 계획이었다.

– 2020년에는 멈춰서고 한 번 생각해 보기로 나 자신에게 약속했다: 계속 병행을 할지, 또는 개인작업에 몰두하기 시작할지.

하지만 2019년, 피치 못할 사정으로 컨티늄이 문을 닫게 되었다.

얼떨결에 회사를 옮기게 되었다.

이직한 회사에서 온전히 양자에 시간을 보내고 있기에, 두 회사에 입사하게 된 배경을 되돌아봤다.

2017년, 컨티늄에 취직한 이유	2019년, OO에 취직한 이유

– 직장 및 사회생활 경험이 필요성을 느낌
– 컨티늄 업적과 업무방식에 매력을 느낌
– 그래픽디자인과 브랜딩에 대한 궁금증을 해소 시키고 싶음
– 전반적인 디자인감각을 향상 시키고 싶음
– 디지털 일러스트레이션 스킬셋을 갖추고 싶음
	– 직장 및 사회생활을 더 경험해 보고자 함
	– 브랜딩에 관심이 있음
	– 연봉을 인상시켜 준다고 함
	– 소포트랜딩이 보장됨
	– 개인활동에 대한 자유가 주어질 것이란 믿음
	– 타 회사에 대한 리서치를 하지 욕구
	  – 1) 불충분한 취직 욕구
	  – 2) 불충분한 취직 니즈

3 깨달음

(직장생활 관련)

OOO이 나에게 제공해 주는 유일한 것은 경제적인 안정이다.
—> 현 시점에서 나에게 우선순위는 성장, 재미, 안정이다.

브랜딩에 관심은 있지만, 내가 하고 싶은 것이나 개인적인 성장에 직접적인 도움을 주지 않는다.
—> 풀타임 직장생활을 유지한다면, 내가 목표하는 성장에 도움이 되며 나의 관심분야와 교집합이 두드러진 회사와 포지션은 고려 해 볼만하다.

(개인작업 관련)

그림 작업이 질을 향상시킬 필요가 있다.
—> 사고능력과 필력을 align 시켜야 나의 강점을 부각시킬 수 있다.
—> 제 3자와의 소통을 가능케 하는 창작물 위해 현대미술과 시사에 대한 공부가 필요로하다.
—> 일관성 있는, 탄탄한 포트폴리오를 쌓기 시작해야 한다.

6 계획

개인작업의 단/중/장기적인 목표

1) 단기적 목표
- 일러스트레이션/디자인 프로젝트
- 홍보물질 복화
- 포트폴리오 준비
- 무역 전시

2) 중기적 목표
- 일러스트레이션 책 출판
- 국내/해외 레지던시
- 국내/해외 전시

3) 장기적 목표
- 지속가능한 작가 생활

병행해야 하는 활동:

Work (수입 확보)	Study (필요한 공부)	Create (포트폴리오 작 업)
프리랜스 디자인 /일러스트 아르바이트	현대미술사 공부 전시 다니기 뉴스 읽기 네트워킹 책 읽기	

현재

단기적 목표

중기적 목표

장기적 목표
Lighthouse

2019 2020 2021 2022 2023 2024 2025

◆◆◆

물건이나 생각을 정리하는 것과 달리 인간관계를 정리하는 것, 즉 누군가와의 관계를 포기하는 것은 절대적으로 이롭다고 말하기 어렵다. 영혼이 풍요로운 삶을 위해서는 다양한 사람을 두루 만나는 게 중요하기 때문이다. 하지만 한 사람에게 주어진 시간과 에너지는 한정되어 있다. 모든 사람을 만날 수도, 모든 관계를 유지할 수도 없다. 나와 잘 맞는 사람, 즐거운 사람, 말이 통하는 사람, 크고 작은 배움을 주는 사람들과 보낼 시간도 모자란 게 현실이다. 나는 인간관계도 정리가 필요하다는 깨달음, 살면서 한 번쯤은 누군가와의 관계를 포기해야 한다는 안타까운 사실을 가슴 아픈 경험을 통해 얻었다.

가깝게 지내던 친구가 한 명 있었다. 취향과 유머 코드가 아주 잘 맞았다. 알고 지낸 시간은 짧았지만 관계의 밀도는 상당히 높았다. 정말 편하고 내가 믿는 친구였다. 하지만 시간이 지날수록 숨겨진 욕심과 겁이 많은 친구라는 사실이 드러났다. 한편으로는 나보다 성숙하지 못하다고 느껴졌다. 결정적으로 나의 마음이 상할 것을 알면서도 배려 없이 행동하는 모습에 깊은 실망감이 밀려왔다. 내가 느낀 문제를 대화로 풀어 보고자 했지만, 불가능했다. 함께 보낸 시간들이 정말 즐거웠고 소중했지만, 나 자신을 위해서는 관계를 깔끔하게 정리하는 것이 최선의 답이었다. 나는 더 이상 상처받고 싶지 않았고, 내 시간과 에너지를 낭비하고 싶지 않았다. 결국 나는 그 친구와 연락을 완전하게 끊었다. 사랑한 친구였지만, 어쩔 수 없었다. 마지막 인사를 나누고 택시 안에서 평평 울었던 기억이 난다. 하지만 그 친구와의 관계를 이어 갔다면, 아마도 그보다 더 많은 눈물을 흘려야 했을 것이다.

예전에는 주변 사람 모두와 잘 지내려고 노력했지만, 그것이 지나친 욕심임을 알게 되었다. 좋은 사람에게만 집중하기에도, 그들과 기뻐하고 행복해하기에도 시간이 부족하니 말이다. 나는 나와 결이 맞지 않는 사람, 잘 통하지 않는 사람과는 처음부터 선을 긋는 편이다.

결이 맞지 않는 사람들을 만나면 떠오르는 표현이 있다. '기가 빨린다.' 이십 분간의 대화가 마치 두 시간처럼 느껴지는 경우가 좋은 예시다. 나의 경우 유머 코드가 맞지 않는 사람과 있으면 기가 빨린다. 상대방이 배꼽을 잡으며 웃기다고 말을 하는데, 나는 하나도 웃기지 않을 때는 정말 당황스럽다. 억지로 미소를 짓는 것은 그야말로 고역이고, 그 시간 내내 불편한 마음만 가득할 뿐이다. 유머 코드뿐 아니라 생각 자체가 다른 사람도 힘들긴 마찬가지다. 나와 가치관이 맞지 않는 상대방의 말을 듣고 나면 자주 들리는 속삭임이 있다.

'그래서 어쩌라는 거지?'

이럴 경우 나는 많은 고민 없이 더 이상 상대를 만나지 않으려 노력한다. 한 번 사는 인생이다. 흥미롭고 재미있는, 나와 잘 맞는, 대화가 즐거운, 배울 점이 많은 사람과 시간을 보내는 게 현명하지 않을까 생각한다.

맞지 않는 상대가 이해관계로 얽힌 사람이라면 상황이 조금 다를 수도 있다. 하지만 그럼에도 불구하고, 나 자신에게 물어볼 수 있다. '내가 상대방에게 맞춰 주면서 겪는 스트레스와 이해관계 유지를 통해 얻는 것 중 무엇이 더 크고 중요한가?'를 말이다. 나는 늘 잊지 않으려 노력한다. 중요한 것은 오직 나 자신이라는 사실을.

걱정, 기대, 고민, 그리고 원함

무소유의 태도, 포기할 줄 아는 능력, 정리하는 습관은 가볍고 자유로운 삶을 향유하기 위해 중요하다. 이처럼 이로운 마음가짐을 온전히 나의 것으로 만들기 위해서는 지속적인 연습과 실천이 필요한데, 반면 잊을 수 있도록 계속 노력해야 하는 해로운 마음가짐도 있다. 내가 지금도 매일같이 머릿속에서 지우려고 애쓰는 세 가지는 걱정, 기대, 고민이다. 내가 이것들을 회피하는 이유는 간단하다. 나를 불행하게 만들기 때문이다.

생각해 보자. 걱정, 기대, 고민은 대개 미래를 전제로 한다. 우리는 나쁜 일이 생길까 봐 걱정하고, 좋은 일이 생길 거라 기대하며, 더 나은 선택을 하고자 고민한다. 내일을 예측하고 준비하는 것은 건강한 태도임에 분명하지만, 너무 미래에만 몰두하면 현재에 집중할 시간이 줄어들 수밖에 없다. 지나치게 미래를 중심으

로 연소되는 삶은 즐겁고 풍요롭기 어려운 것이다.

◆◆◆

먼저 걱정. 'OMR 카드를 작성하면서 실수했으면 어쩌지? 잔뜩 긴장하고 급하게 문제를 풀어서 바보같이 틀린 문제는 없을까? 시험을 망쳐서 과목 성적이 낮아지면 어떻게 하지?' 나는 학창 시절에 이런 걱정을 많이 했다. 하지만 걱정을 한다고 해서 달라지는 것은 아무것도 없었다. 이미 끝난 시험을 다시 치를 수도 없었고, 실수한 것을 찾아 되돌릴 수도 없었다. '걱정을 해서 걱정이 없어지면 걱정이 없겠네'라는 말처럼, 걱정을 한다고 해서 걱정거리가 사라지진 않는다. 이 사실을 깨달은 이후, 나는 어떻게 걱정을 덜 하며 살 수 있을까를 생각해 보았다.

걱정이 마음속에서 거머리같이 스멀스멀 기어오를 때 이를 퇴치하는 방법이 몇 가지 있다. 첫 번째 방법은 하루하루, 지금, 이 순간에 최대한 집중하는 것이다. 현재에 몰두하면 자연스레 미래에 대해 덜 생각할 수 있다. 두 번째 방법은 '만물의 우주는 내가 통제할 수 없다'며 항복하는 것이다. 미래는 절대 알 수 없을 뿐 아니라 걱정해 봤자 내가 어찌할 수 없다는 현실을 온몸으로 받아들이면, 덜 걱정하는 데 도움이 된다. 이와 관련해 공유하고 싶은 표현이 하나 있다. "If it's not okay, it's not the end." 다소 공격적인 한글 번역은 '안 괜찮으면 어쩔 건데'다. 이 표현의 출처는 베를린에서 많이 지쳐 있던 시절에 가깝게 지내던 친구와 나눈 짧은 대화다.

> Tyler: Are you okay(너 괜찮아)?
>
> Yeon: Hmm… No, I'm not okay(음… 아니. 안 괜찮아).
>
> Tyler: Aw, Yeon. Don't worry. If it's not okay, it's not the end (저런, 연아. 걱정 마. 괜찮지 않다고 해서 끝은 아니니까).

친구는 너무도 자연스럽게 답했지만 나는 그때의 충격을 아직도 잊을 수 없다. 괜찮지 않아도 끝이 아니라니! 괜찮아질 수 있다는 응원, 괜찮아지도록 만들면 된다는 격려가 함축된 말이었다. 이후 나는 걱정에 사로잡혀 있거나 의기소침한 친구에겐 늘 말한다. "안 괜찮으면 어쩔 건데!"

마지막으로 조금은 무식하지만 효과가 분명한 세 번째 방법은 본인을 세뇌시키는 것이다. '걱정하지 말자, 걱정하지 말자, 내가 할 수 있는 것은 없다, 어찌 될지 내가 알 수 있는 방법은 없다, 걱정하지 말자, 걱정하지 말자…'라고 반복하며 스스로에게 최면을 거는 것이다. 끈질기게 반복하고 연습하면, 삶에서 걱정하며 보내는 아까운 시간을 줄일 수 있다.

다음으로 기대에 대해 살펴보자. 이루어지기 원하는 게 있을 때, 또는 현재가 아닌 미래의 상상에 기대고 싶을 때 우리는 기대(期待)한다. 누군가는 사업의 성공을, 누군가는 해외여행을, 또 누군가는 가까운 친구의 전적인 동의와 지지를 기대할 것이다. 무언가를 바라고 희망하는 마음이 나쁘다고 할 순 없지만, 내가 기대를 떨쳐 내려고 노력하는 이유는, 기대가 클수록 실망도 크다는 사실을 깨달았기 때문이다. 특히 믿었던 친구, 내가 좋아하는 만큼 나를 좋아해 주기를 원했던 사람들이 그 기대에 미치지 못했을 때, 밀려오는 실망감은 마음을 몹시 아프게 한다. 그래서 나는 부모님을 포함한 그 누구에게도 아무 기대를 하지 않으려 노력한다. 이것은 뭔가를 바라지 않고 마음이 가는 대로 순수하게 좋아하기 위한 노력인 동시에, 누구에게도 기대지 않고 홀로 서려는 연습이기도 하다.

마지막으로 고민에 대한 이야기다. 걱정과 기대가 아직 오지 않은 미래에 대한 허상이라면, 고민은 선택의 기로에서 불분명한 미래를 우두커니 바라보는 것과 같다. 우리가 고민하는 이유는 앞에 놓인 선택지가 동등하게 매력적으로 보이기 때문인 경우가 많다. 둘 다 정답인 것 같거나, 내가 하지 않은 선택이 더 나은 결과를 가져올 것 같아서 고민하는 것이다.

앞서 언급했듯이 나는 컨티뉴에서 이직한 뒤 고민이 많았다. 퇴사라는 선택과 회사에 남아 조금 더 차분히 두고 보는 선택 사이에서 고민하느라 머리가 깨질 지경이었다. 결론은 퇴사였지만, 나는 지금도 그것이 옳은 답이었다고 생각하지는 않는다. 만약에 회사에 남아 있었더라면, 예상치 못한 뜻깊은 배움을 얻거나 마음이 잘 맞는 동료들을 찾았을지도 모른다. 그럼에도 후회는 없다. 나는 계속 고민하는 대신 한 가지를 선택했고, 내 선택을 정답으로 만들고자 노력하고 있으니 말이다.

◆◆◆

우리가 걱정하고, 기대하고, 고민하는 이유는 원하는 것이 있기 때문이다. 그런데 이 원하는 것이 진짜 자기가 원하는 게 아닌 경우가 있다. 우리가 매일같이 들여다보는 스마트폰을 생각해 보자. 내가 좋아하거나 즐기는 것을 찾을 시간에, 요즘 다른 사람들이 무얼 좋아하는지 검색하는 경우가 많지 않은가. 요즘 사람들이 일부러 찾아가는 카페가 어디인지, 어느 집 파스타 사진이 잘 나오는지, 트렌드가 무엇인지 열심히 찾아보는 것이다.

사람들이 유행을 좇는 이유는 타인의 시선을 의식하기 때문이다. 많은 사람들이 알 법한 데카르트의 명제 'I think, therefore I am(나는 생각한다, 고로 존재한다).'을 변형해 요즘은 'I show, therefore I am(나는 보여 준다, 고로 존재한다).'이라고 표현하곤 한다. 내가 어떻게 보이는지가 내가 어떤 사람인지 말해 준다는 뜻이다. 인스타그램 등을 통해 수많은 정보가 공유되는 시대를 살아가는 우리는 쉽게 유행에 휩쓸리고 타인의 시선을 의식하며, 그러다 보니 내가 진짜 원하는 걸 곰곰이 생각해 볼 시간을 잃게 된다.

나는 다행히도 철학을 공부하며 '원함'이라는 화두를 깊이 생각해 보게 되었다. 무언가를 원하는 마음을 한자로 정리하면 '의지(意志)'다. 독일 철학가 쇼펜하우어의 핵심 사상 중 하나도

'의지(der Wille)'인데, 쇼펜하우어는 의지가 인간을 움직이는 근원적인 에너지라며, 우리가 인지하지 못하더라도 인간을 포함한 만물은 항상 의지에 따라 움직인다고 강조했다.

'원함'에 관한 쇼펜하우어의 재미있는 가설이 있다. 특정 상황에서 '의지'는 하나밖에 있을 수 없다는 말이다. '의지'의 유일무이한 특징을 설명하기 위해 쇼펜하우어는 시나리오 하나를 제시하는데, 현시대와 한국이란 콘텍스트에 적합하도록 내가 재구성해 보았다. 독어를 읽는 독자를 위해 원문도 추가했다.

오랜만에 일찍 퇴근했다. 오늘 남은 하루를 어떻게 보낼까 생각한다. 하고 싶은 게 너무나도 많다. 친구와 을지로에서 만나 여유롭게 맥주를 마실까? 오랜만에 고속터미널 지하에 위치한 서점이랑 화방 구경이나 가 볼까? 평소 즐겨 찾는 카페에 가서 음악을 들으며 그림을 그릴까? 날씨가 좋으니까 친구와 한강변을 걸으며 수다를 떨까? 내일이 휴일이니까 부담 없이 이태원에서 밤새워 놀까? 나는 원하는 게 많다. 하지만 결국에는 그저 버스를 타고 집으로 간다.

Es ist 6 Uhr Abends, die Tagesarbeit ist beendigt. Ich kann jetzt einen Spaziergang machen; oder ich kann in den Klub gehen; ich kann auch auf den Thurm steigen, die Sonne untergehen zu sehen; ich kann auch ins Theater gehn; ich kann auch diesen oder jenen Freund besuchen; ja, ich kann auch zum Thor hinauslaufen, in die weite Welt, und nie wiederkommen. Das Alles steht allein bei mir, ich habe völlige Freiheit dazu; thue jedoch davon jetzt nichts, sondern gehe ebenso freiwillig nach Hause, zu meiner Frau.

이 경우, 쇼펜하우어는 우리가 줄곧 원한 것은 하나라고 말한다. 바로 집으로 돌아가는 것이다. 을지로에서 맥주를 마시는 것, 서점과 화방에 구경 가는 것, 음악을 들으며 작업하는 것, 한강변을 걷는 것, 이태원에 놀러 가는 것, 이 모든 선택지를 우리가 원하는 것으로 착각할 뿐이라는 설명이다. 즉 고민하는 이유는 원하는 게 많아서가 아니라, 진정 원하는 걸 재빨리 파악하지 못해서라는 것이다.

무언가를 진정으로 원하는 마음은 제1원인이라는 흥미로운 특징을 갖는다. 제1원인이란 존재하는 모든 것의 원인이 되지만, 그 무엇으로부터 산출된 것도 아닌 것을 뜻한다. 쉽게 말하면 원인이 없는 원인이라는 뜻이다. 즉 우리가 무언가를 진짜로 바라는 마음에는 원인이 없다. 원하면 원하는 거고, 좋으면 그냥 좋은 거다. 이와 관련해 떠오르는 영어 표현이 있다. "It could not have been otherwise." 그럴 수밖에 없었다는 뜻이다. 고민하고 선택하는 순간에는 내가 진정으로 원하는 걸 지각하지 못했을 뿐, 저변

에 항상 제1원인이 자리 잡고 있지 않았을까 생각한다.

물론 원하는 마음이 제1원인이며, 하나뿐이라는 것은 쇼펜하우어의 견해일 뿐이다. 그러니 이 이야기에 귀를 기울이는 것도, 기울이지 않는 것도 자유이고 선택이다. 다만 이것만은 기억했으면 좋겠다. 한 번쯤은 자신의 원하는 마음을 집요하게 파고들어야 한다는 사실 말이다. 원하는 걸 알아야 이를 찾을 수 있고, 행복할 수 있다. 사회적 압력, 유행 등 원하는 것을 찾는 기로에는 수많은 장애물이 있지만, 그럴수록 끈기 있게 능동적으로 찾고 개척해 나가야 한다. 그리고 이는 '내가 진정으로 원하는 게 무엇인지 내가 제대로 알고 있지 않다'는 용감한 전제로부터만 시작 가능하다.

다양한 업 #1.
일러스트레이터와 아티스트

'표준국어대사전'에 따르면, '업'이란 생계를 유지하기 위해 자신의 적성과 능력에 따라 일정 기간 동안 계속 종사하는 일이다. 업의 목표는 생계 유지이지만, 자신의 적성과 능력도 중요한 조건이 되는 것이다.

나는 대학교 4학년에 들어서면서부터야 업에 대한 고민을 시작했다. 어느 날 문득 '무엇을 하며 어떻게 먹고살아야 할까'라는 생각이 떠올랐던 것이다. 철학이 흥미롭다는 이유 하나로 무턱대고 전공으로 택해서 공부하고 있었지만, 졸업 후 이 전공을 활용할 수 있을지, 활용하고 싶기는 한지 알 수 없었다. 나는 대체 무슨 직업을 가져야 하는 건지 막막하기만 했다. 대학교 동창들이 투자은행, 컨설팅사, 갤러리 등의 인턴 자리를 노리며 부지런히 경력을 쌓고 있을 때, 나는 베를린에서 교환학생으로 공부한 것

외에는 정말 아무 노력도 하지 않았기 때문이다.

　　내가 앞으로 무엇을 할지 고민하고 방황하는 사이에도 야속한 시간은 쏜살같이 흘렀고, 대학교를 졸업할 시기가 다가왔다. 더 이상 업에 대한 계획을 미룰 수는 없었다. 철학을 배우며 내가 얻은 유일한 능력은 홀로 가만히 앉아 생각하는 것이다. 삶을 살아가는 데 굉장히 유용하고 큰 도움이 되는 능력이지만, 직업을 얻는 데는 다소 무용한 능력이기도 하다. 하지만 내게는 그나마 즐기는 활동이 하나 더 있었다. 그림을 그리는 것이다. 이 그림 그리기를 좋아하는 성향과 나름의 능력을 토대로, 내가 그동안 도전해 온 다양한 업들에 대한 이야기를 풀어 보려 한다.

◆◆◆

그림 그리는 능력을 업으로 활용할 첫 번째 기회는 가까운 친구로부터 왔다. 2015년 가을, 친한 친구 몇 명이 뉴욕에서 스타트업을 기획하고 있었다. 프로스(Froth)라는 칵테일 구독 멤버십 서비스였는데, Froth는 'First Round on the House'의 약자다. 창립 멤버 중 한 명은 학창 시절부터 내 그림을 상당히 좋아해 준 친구로, 대원이는 프로스 브랜드를 가시화하는 단계에서 내 일러스트를 사용하고 싶다고 했다. 나는 오래 고민하지 않았다. 졸업을 앞둔 대학교 4학년생으로서 공부와 일을 함께해 봐도 좋을 것 같았기 때문이다. 그렇게 나는 프로스 브랜드와 앱이 개발되던 초창기부터 아이디에이션 회의에 참여했고, 다양한 디지털 포스터와 앱 화면에 적합한 그림을 그렸다.

친구들과 함께 머리를 맞대고 일하는 경험은 많은 재미와 의미를 안겨 주었다. 친한 친구들과의 작업이었기에 경력이 없는 나도 비교적 편하게 의견을 제시할 수 있었고, 우리가 같이 고민하고 논의한 생각과 의견들이 곧바로 앱이나 화면으로 구현되는 과정이 흥미진진했다. 그 당시에 우리는 공유 오피스를 사용 중이었기 때문에 우리와 같이 스타트업을 하는 다양한 사람들을 만나게 되었다. 그 와중에 '라멘워크스(Ramenworks)'라는 스타트업이 요청하여 이벤트 공간 화이트보드에 뉴욕과 라면을 주제로 거대한 그림을 그리기도 했다.

재미있는 작업을 그만둘 이유는 없었다. 나는 대학을 졸업하고 나서도 프로스에서 삼 개월간 더 일했는데, 안타깝게도 예상치 못한 복병이 있었다. 프로스는 파트타임 직장이었기에, 월세와 생활비를 부담하기에는 급여가 턱없이 부족했던 것이다. 모자란 돈을 채우기 위해서는 다른 파트타임 일을 병행해야 했다. 그 가운데는 나의 적성, 능력과 완전히 무관한 일도 있었다. 단지 돈을 벌기 위해 재미도 없고 의미도 없는 일을 계속하는 생활을 삼 개월쯤 하자 심신이 지칠 대로 지쳐 버렸다. 차분히 미래를 준비하고 불필요한 지출을 줄이기에는 서울이 가장 좋았기에, 결국 프로스와도, 뉴욕과도 작별해야 했다.

서울로 돌아와 찾은 나의 두 번째 업은 앞에서도 말했던 컨티뉴이었다. 컨티뉴은 정말 좋은 곳이었다. 배움의 즐거움과 인연

'라면으로 뒤덮인 뉴욕', 2016

COCKTAIL TASTING
with FRØTH

Botanic Lab
82 Orchard St, NYC

Thursday 09.29 8 PM

Complimentary for
ERA Family & Investors
with invite code **ERA11**

founders@froth.nyc I www.froth.nyc

First round's on us, every day

Enjoy one free drink a day at the best bars in your city

Treat your friends

Bring your friends along, and their first drink is on us too!

And it's free.

No credit card necessary - just answer a question about your experience!

↑ 칵테일 테이스팅 이벤트 포스터
↓ 앱 온보딩 페이지

의 소중함을 이곳에서 얻을 수 있었다. 또한 근무 환경이 굉장히 자유로운 덕분에, 회사 업무가 많지 않을 때는 틈틈이 역량을 키울 수 있었다. 덕분에 2017년 컨티뉴 인턴 시절 나는 개인 작품이 담긴 달력도 완성했는데, 이를 본 대표님이 뜻밖의 반응을 보이셨다. 내 그림을 달력에만 담기보단, 전시장에서 작품으로 선보이는 게 더 좋지 않겠냐는 의견을 주신 것이다. 대표님은 과거에 잠깐 큐레이터로 일하신 경험이 있다며, 내가 전시를 할 수 있도록 주변 지인을 수소문해 보겠다고 하셨다.

그리고 얼마 후, 나는 이태원에 위치한 갤러리 '아트인선' 큐레이터의 연락처를 공유받았다. 직접 찾아가 본 갤러리는 녹사평역 언덕 뒷골목에 위치한, 개조된 한옥이었다. 아늑하니 첫 개인전을 열기에 제격이었다.

2017년 11월 17일, 나의 뜻깊은 첫 개인전이 열렸다. 회사를 다니며 전시를 준비하는 과정이 여유롭진 않았지만, 주변에서 많은 사람들이 도와주고 응원해 준 덕에 별 탈 없이 전시회를 열 수 있었다. 또 소중한 친구들이 많이 전시장을 방문해 주어 더욱 신나는 추억으로 남아 있다.

최근에는 성북동에 위치한 갤러리 '17717'에서 개인전을 가졌다. 전시 이름은 '준비전'이다. '준비'라는 개념을 다룬 이유는 근래에 준비만 열심히 하고 전시를 하지 못해서다. 2020년에는 암스테르담에 위치한 데 스쿨(De School)에서 레지던시와 전시를 할 기회가 생겼지만, 코로나 때문에 취소가 되었다. 2021년에

↑ 'Zardoz' 대형 인쇄물, 2017
'도리화', '칠대성인' 외 펜드로잉, 2014-2016
↓ 흙과 매니큐어를 이용한 도예 작품, 2009-2011

는 성수동 뿐또블루(PuntoBlu)에서 개인전을 계획했지만, 살인적인 스케줄 때문에 결국에는 포기했다. 성북동에서 개인전을 할 기회가 생겼을 때, 최근에 준비하다 못한 전시를 보여 주고 싶었다. 무엇보다도 결과만 주목하는 세상에 '준비'를 전시해 관객들에게 화두를 던지고 싶었다.

◆◆◆

컨티뉴의 자유로운 분위기가 안겨 준 것은 개인전만이 아니었다. 나는 직장 생활을 하면서 프리랜서 활동도 시작할 수 있었는데, 그중에는 뉴욕 패션 브랜드 선대스쿨(Sundae School)과의 협업도 있다. 선대스쿨은 프로스 이후 나의 일러스트레이터 활동 초기에 기반을 단단하게 잡아 준 클라이언트다. 이곳 역시 프로스 창립 멤버인 임대원이 꾸려 나가는 사업인데, LA와 서울을 기반으로 '스모크 웨어'를 전개하는 브랜드이다.

선대스쿨과는 2017년부터 계속 협업하고 있는데, 매년 컬렉션마다 재미있는 테마가 있다. 2017년에는 '호랑이 담배 피우던 시절'이 주제였고, 나는 이에 맞춰 곰방대를 피우는 호랑이와 단청 패턴을 작업했다. 2018년 테마는 '떨 선비'였는데 전통 민화에 나오는 느낌으로 대마초를 피우는 사람들의 모습을 그렸다. 이 '떨 선비' 패턴은 유독 반응이 좋았다. 다양한 바지, 점퍼, 모자에 패턴이 사용되었는데 바니스 뉴욕(Barneys New York)에 입고된 제품들이 단시간 만에 완판되었다고 한다. 존 레전드(John Legend),

말루마(Maluma) 등 유명 인사들이 '떨 선비' 패턴이 들어간 후드 티와 모자를 걸치고 다니는 모습도 인스타그램에서 볼 수 있었다.

2019년에는 '와일드 웨스트'라는 주제로 말을 탄 조선 시대 남녀와 불을 그렸고, 2020년 초에는 장자의 '호접몽'이라는 테마에 맞추어 나비와 해골을 핵심 모티브로 작업했다. 2020년 말에는 '재해석된 기독교 그림'이 주제였는데 성모마리아와 아기 예수, 그리고 아담과 이브를 한국 사람으로 표현해 재해석했다. 가장 최근에는 'The Passion of Tiger' 캠페인에 참여해, 단군신화를 모티브로 한 거대한 디지털 일러스트를 작업했다. 사람이 되지 못한 호랑이에 대한 이야기다. 글을 쓰는 지금도 나는 선대스쿨과의 다음 컬렉션을 준비 중이다.

선대스쿨과의 인연은 의류 컬렉션 협업에서 그치지 않았다. 2019년 초 선대스쿨은 치미(Chimi)라는 스웨덴 브랜드와 협업하여 VOS 파리스(VOS Paris)라는 매장에서 팝업 이벤트를 진행했는데, 이 프로젝트에 나도 함께했다. 팝업 전시에서는 2017년 선대스쿨 컬렉션에 등장한 호랑이의 연장선상에서 자유롭게 새로운 작품을 선보이기로 했다. 한국의 대표적 동물인 호랑이가 프랑스 파리를 놀이터로 삼는다면 어떨지 생각하며 작업에 임했다. 미리 준비한 작품을 크게 출력해 전시하는 한편, 이벤트 오프닝 현장에서 거대한 종이 위에 먹으로 라이브 페인팅도 하기로 했다.

파리 전시를 준비하던 당시, 잊을 수 없는 사건이 하나 있다. 이때도 나는 컨티늄을 다니고 있었는데, 회사 프로젝트에 투입되어 있었고 업무량이 많은 상황이었다. 프로젝트가 끝나는 날짜와 파리로 떠나는 날짜가 거의 붙어 있었기 때문에, 하나뿐인 몸을 둘로 쪼개야 했다. 회사 업무로 야근이 종종 발생했지만, 전시 준비도 멈출 수 없었다.

2018년 말, 나는 거의 매일 퇴근 후 편의점에서 저녁을 때우고 카페로 재출근했다. 카페에 자리를 잡고 하염없이 그림을 그리다 보면 어느새 마감 시간인 12시가 다가왔다. 다행히 근처에는 와이파이와 널찍한 테이블, 콘센트 꽂을 자리가 있는 데다 새벽 3시까지 영업하는 '오늘 와인한잔'이 있었다. '오늘 와인한잔' 방배점을 어찌나 자주 갔는지, 매니저님과 상당히 친해졌다. 매일같이 매장에 홀로 들어와 맥북, 와콤 태블릿, 충전기를 꺼내 놓고 새벽 3시까지 작업에 몰두하는 내가 특이하기도 하고 애처롭기도 했는지, 서비스로 과일이나 나초를 받은 적도 여러 번이다. 고된 준비 과정이었지만, 이곳 덕분에 즐겁게 작업할 수 있었던 것 같다. 그렇게 한 달이 넘는 기간 동안 퇴근 후 카페와 와인 가게를 전전하며 작업했고, 12월 말이 다가올 무렵에는 작업의 끝이 보이기 시작했다.

문제의 사건이 터진 날은 정확히 2018년 12월 22일이다. 여느 때처럼 나는 눈을 뜨자마자 맥북을 열었다. 그런데 이상했다. 로그인 화면 대신 새하얀 화면이 모니터에 떠 있었다. 컴퓨터를 껐다가 켜 보았지만 변화는 없었다. 작업물을 외장 하드 드라이브에 백업해 놓지 않았기 때문에, 덜컥 겁이 났다. 아이폰으로 구글에 트러블슈팅(troubleshooting)하는 법을 검색해 보았다. 이런 저런 시도를 해 보았지만, 모두 소용없었다. 가로수길에 위치한 애플 스토어에 연락해 지니어스의 도움을 받고자 했지만, 1월 중순까지 예약이 차 있다고 했다. 나의 출국일은 1월 17일이었고, 그 전에 그림을 모두 완성해 인쇄를 맡긴 뒤 픽업까지 해야 했기에 1월 중순까지 기다릴 수는 없었다.

어떻게든 파일을 복구해 보고자 즉시 하드 드라이브를 구매했고 애플 측 직원과 통화하며 복구를 시도해 보았다. 하지만 새하얀 화면만 보여 주는 맥북은, 아무런 조치도 통하지 않았다. 내 머릿속도 점점 하얘지기 시작했다. 전시 일정이 코앞으로 다가온 상황에서 내가 백여 시간을 투자한 작업물이 전부 사라진다고 생각하니, 눈앞이 컴컴해졌다. 통화를 하며 내가 하소연을 하자, 담당자는 왕십리역 근처에 위치한 애플 공인 서비스업체 투바에 12월 23일 저녁 딱 한 자리 예약이 남아 있다며, 예약 진행을 도와주었다. 하지만 왕십리 투바 센터를 찾은 결과, 내가 예약한 것은 수리 예약이 아니라 수리 예약을 할 수 있도록 돕는 대면 예약일 뿐이었다. 직원은 '1월 둘째 주나 되어야 맥북의 상태를 확인할 수 있다'고 했다.

센터를 나오자마자 울음이 터졌다. 맥북이 제대로 작동한다고 해도 지금 남은 며칠, 몇 시간 동안 작업해도 모자란 상황이었다. 그런데 맥북이 고장 났고, 수리도 할 수 없고, 파일도 복구 불가능했다. 어두운 밤하늘을 보며 어찌나 울었는지, 아직도 그날을 떠올리면 절로 눈물이 날 지경이다. 그렇게 나의 파리 전시는 수포로 돌아가…려다 말았다. 한참 울던 나는 천만다행으로 맥북이 망가지기 며칠 전 그림들을 출력해 놓았다는 사실을 깨달았다. 하드카피로 느낌을 보기 위해 A3용지에 출력해 봤던 것이다. 모든 그림은 검은색의 얇은 선으로 되어 있었기에, 출력물을 스캔해 이어서 작업하는 것이 큰 문제가 되지 않았다. 덕분에 나는 무사히 파리에 갔고, 전시와 라이브 페인팅을 성공적으로 마칠 수 있었다. 여담이지만, 이 사건 이후 나는 맥북을 마치 조상 섬기듯이 소중히 다룬다.

나를 전적으로 응원해 주는 좋은 친구들과 직장 동료들 덕분에 작가 생활을 시작할 수 있었다. 일러스트레이터로서 나의 기반을 다질 수 있었던 것, 아티스트로서 전시 기회를 얻을 수 있었던 것 모두 나 혼자만의 힘으로는 불가능했을 일들이다. 무엇보다 컨티뉴에 고마운 마음을 지울 수 없다. 회사를 다니며 여러 가지 툴을 익힐 수 있었을 뿐 아니라, 유연한 직장 생활 덕에 다양한 전시와 협업 기회도 실현 가능했으니 말이다. 그리고 컨티뉴 덕분에 벌였던 큰일이 하나 더 있는데, 잠시 숨을 고른 뒤 이어서 이야기 해 보려고 한다.

'호랑이 담배 피우던 시절', 2017

'떨 선비', 2018

'와일드 웨스트', 2019

'호접몽', 2020

sundae school
L
THE SLEEP OF
REASON PRODUCES
MONSTERS
el sueño
de la razon
produce
monstruos.
이성의 꿈은 괴물 낳는다

'Korean Adam & Eve', 2020

'Korean Baby Jesus & Mom', 2020

파리 전시 작업 중

준비전
準備展

준비를 전시합니다. 결과만 주목하는 세상에.

우리는 준비한다.
시험을 준비하고 취업을 준비한다.
인터뷰를 준비하고 발표를 준비하고
여행을 준비하고 퇴사를 준비한다.

하지만 현실은 여지없이 드러난다.
열심히 준비하고 합격하지 못한 시험.
열심히 준비하고 박수받지 못한 발표.
열심히 준비하고 떠나지 못한 여행.
열심히 준비하고 이루지 못한 계획.

그럼 그 모든 준비는 헛된 것일까?
준비는 단지 결과를 위한 수단일 뿐일까?

인생의 핵심은 준비에 있다.
우리가 주목해야 할 것은
결과가 아니다. 준비다.

박연 개인전
2021.9.11~9.26
(월요일, 추석연휴 휴관)

준비를 전시합니다.
결과만 주목하는 세상에.

준비전 準備展

다양한 업 #2.
'소식'부터 '토굴', 그리고 '셀럽'까지

2018년 나는 얼떨결에 사찰 음식점을 냈다. 시작은 인턴 프로젝트였다. 컨티뉴에서는 삼 개월의 인턴 수습 기간이 끝나면 모든 인턴은 '인턴 프로젝트'라는 과제를 수행한다. 디자인 컨설팅 회사에서 이행하는 업무 단계들을 홀로 연습하는 것이 과제의 취지로, 각 단계는 크게 리서치, 인사이트, 디자인으로 이루어져 있다. 온·오프라인 조사를 통해 인사이트를 도출하고, 도출된 인사이트를 디자인에 녹여 내는 것이다. 디자인 대상은 콘셉트, 브랜드, 서비스, 공간, 경험, 제품 등으로 다양하며, 프로젝트 주제는 자유롭게 선정 가능하다.

2017년 프로젝트 주제를 정해야 할 때, 마침 나의 관심 분야는 서울의 채식 문화였다. 당시 대중적으로 채식에 대한 관심이 커지고 있었는데, 식당에서 판매하는 채식 음식 대부분이 비건 샐

러드, 비건 샌드위치, 비건 파스타 등 서양식이었다. 뉴욕이나 베를린에서 접했던 채식에 비해 맛이 떨어졌고, 가격은 높았으며, 무엇보다 멋있지 않았다. 문득 내가 월정사에서 삼시 세끼 챙겨 먹었던 사찰 음식이 떠올랐다. 조사를 해 보니 천 년 넘게 이어져 온 한국 사찰 음식의 특징은, 현 식문화에서 재조명되고 있는 가치들과 일맥상통했다. 물론 서울에도 사찰 음식점이 있긴 했지만, 대부분 인사동 주변에 밀집되어 있었고 지나치게 고급화되어 양도 많고 값도 비쌌다. 채식·비건 문화에 관심을 가진 2030 세대, 말 그대로 '요즘 애들'이 매력적으로 소비할 사찰 음식 브랜드, 즉 캐주얼하고 쿨한 사찰 음식점은 없었던 것이다.

이거다, 싶었다. 나는 큰 고민 없이 바로 '한국 사찰 음식의 대중화'를 인턴 프로젝트 주제로 정했다. 온라인과 현장 방문 조사를 통해 많은 점들을 보고 느끼고 배웠고, 사찰 음식이란 무엇인지 각종 문헌과 사이트를 통해서 공부했다. 프로젝트명 '소식'은 '한국사찰음식' 웹 사이트에서 발견한 것이었다. 문화원에 의하면 사찰 음식은 '3소식'으로 정리된다.

'적을 소, 나물 소, 웃음 소.'

즉 '3소식'은 적게 먹고, 채식을 하며, 즐겁고 감사한 마음으로 먹는다는 의미다. '3소식 캠페인' 덕분에 쉽게 네이밍을 마친 후, '소식'을 어떤 형태로 풀어낼지 고민했다. 그 과정에서 이탈리(EATALY)가 떠올랐다. 이탈리는 그로서란트(grocerant), 즉 그로서리(grocery)+레스토랑(restaurant) 형태의 브랜드다. 2012년 도

'소식' 메뉴와 인테리어

쿄에서 처음 방문한 후, 대학생 때 뉴욕에서도 몇 차례 찾았는데, 항상 훌륭하다는 생각을 했다. 그로서리 섹션에서 판매되는 식재료는 원산지와 활용법이 상세히 기재돼 있고, 재료를 구매해 오픈 키친으로 가져가면 눈앞에서 바로 요리해 준다. 단지 조리된 음식을 먹는 데 그치지 않고, 재료 선택부터 요리의 과정까지 소비자가 직·간접적으로 참여하게 함으로써 풍성한 경험을 안겨 주는 곳이다. 이런 이탈리의 방식을 차용하면, 너무나 멋질 것 같았다. 상상하는 것만으로 흥미진진했다. 이탈리만큼만 감각 있게, 세련되게, 매력 있게 한국 사찰 음식이 포장되어 고객에게 전해진다면 좋을 것 같았다.

풍풍 샘솟는 아이디어와 철철 넘쳐흐르는 열정을 최대한 가다듬어, 2017년 9월 18일 인턴 프로젝트를 발표했다. 회사 사람들은 물론이고, 부모님, 친구, 지인들 모두 기발하고 좋은 아이디어라고 좋게 평가했다. 뿌듯한 동시에 아쉬움이 밀려왔다. 아이디어를 현실화하고 싶은 욕심이 생겼기 때문이다. 하지만 도대체 어디서부터 시작해야 하는지, 무엇을 준비해야 하는지 감이 잡히지 않았다. 결국 인턴 프로젝트 발표 자료는 PDF로 저장된 채 맥북에 잠들게 되었다.

이 개월이 지났다. 친구 조영래가 내게 꼭 소개해 주고 싶은 재미있는 사람이 있다고 했다. 우리가 잘 맞을 것 같은 이유는 두 가지였다. 그 사람도 한복을 즐겨 입고, 고기를 먹지 않는다는 것이다. 그렇게 2017년 11월 17일, 내 개인전 전시장에서 전범선과 처음 인사를 나누었다. 범선이는 나와 비슷하게 외국에서 인문학 공부를 한 후 한국에서 예술 활동을 하고 있는 친구였다. 만나지 얼마 지나지 않아, 우연히 '소식' 이야기를 꺼냈는데 범선이는 굉장히 큰 관심을 보였다. 정말 좋은 아이디어라며, 순식간에 열정으로 불타올랐다. 그러면서 '동물해방물결'이라는 동물권 보호 시민단체 대표님을 만나 현실화해 보자고 제안했다. 며칠 뒤, 나는 동물해방물결의 이지연 대표님 앞에서 다시 한 번 맥북을 열고 PT를 진행했다. 발표가 끝나고 돌아온 대답은 오케이.

몇 개월이 지나고 2018년 5월, 동물해방물결은 강남역에서 이태원 해방촌으로 사무실을 옮겼는데, 이사한 사무실 입구 쪽에 작은 마룻바닥이 있었다. 입구 마루는 퇴근 시간 이후와 주말에 비어 있으니 자유롭게 쓰라는 단체의 제안으로, 나와 범선이는 용산구 신흥로 57 마룻바닥에서 어떻게 '소식'을 현실화할 수 있을지 고민하기 시작했다. 우리는 둘 다 음식을 할 줄 몰라 우선 쌍화차와 마테차, 간단한 부각과 간식거리를 팔아 볼까 고심하던 찰나, 범선이가 요리하는 사람 한 명이 떠오른다고 했다. 안백린 셰프였다.

안백린 셰프를 설득한 우리는 한 달간 '소식×안백린 협업 팝업'을 진행해 보기로 했다. 음식은 안백린 셰프가 전담했고, 범선이는 마케팅과 사업 개발에 주력했다. 나는 공간과 경험 브랜딩을 맡아 브랜드의 정체성을 현실화하는 데 집중했다. 내 업무는 메뉴 이름, 메뉴 디자인, 스토리텔링, 공간 구성, 소품 및 가구 발주 등이었다.

팝업은 생각보다 반응이 좋았다. 소식의 브랜드와 스토리가 재미있었는지, 문을 연 지 얼마 지나지 않아 《엘르》, 《얼루어》, 《리얼푸드》, 《불광》, 《한겨레》, 《한국일보》, 《매일경제》 등 수많은 매체에서 취재·인터뷰 문의도 왔다. 2019년 3월에는 JTBC 「요즘애들」 15회에도 방송되었다. 결국 한 달 팝업이 두 달로 연장되었고, 두 달이 일 년 반으로 연장되었다.

하지만 사업이 아닌 열정 프로젝트로 시작해서인지, 결국 우리 셋은 2020년 2월에 소식을 폐업하고 말았다. 이후 안백린 셰프님은 개인 식당을 차리셨고, 범선이와 나는 다른 일을 하느라 바쁘다. 나는 아직도 내가 이걸 왜 했는지 모르겠다. 그때는 뭔가에 홀렸던 것 같기도 하다.

폐업 후 급하게 식당 공간을 청소하고 비우던 날이 떠오른다. 마지막까지 처리하지 못한 물건은 '속세의 사찰' 소식 앞을 굳건히 지키던 석등이다. 결국 좋은 곳을 찾아 옮겼는데, 옮기는 과정도 만만치 않았다. 무거운 석등을 다마스에 싣는 과정에서 입구 쪽에 흙이 조금 쏟아졌는데, 내겐 빗자루밖에 없었다. 주변을 두리번거리다 보니 건물 옆쪽에 버려진 삽이 하나 눈에 들어왔다. 이 삽을 쓰레받기 삼아 쏟아진 흙을 빗자루로 담는 순간, 문득 허무함이 밀려왔다. 하필 손에 삽을 들고 있자니 그야말로 '삽질했다'는 생각이 내 심장에 비수를 꽂았다. 여전히 그 비수는 빠지지 않았지만, 시간이 한참 더 흐르면 분명 이 삽질에서도 얻은 것이 있었다고 회고할 날이 오리라, 굳게 믿고 있다.

◆◆◆

소식을 개업하고 구 개월쯤 흘렀을 때, 가게를 함께 꾸리던 전범선한테 연락이 왔다. 해방촌에 작업실로 적합한 삼십 평가량의 지하 공간을 찾았다며, 함께 작업실을 쓰지 않겠냐는 제안이었다. 작업실이 필요하다고 생각하면서도 적극적으로 찾아볼 시간이나 여력이 없었던 나로서는 반갑기 그지없는 소식이었다. 범선이가 찾은 공간은 소식에서 도보 오 분 거리에 있었는데, 내부를 살펴보고자 지하로 내려가니 모든 벽이 새빨갰다. 검은색, 흰색 다음으로 빨간색을 좋아하는 나로서는 당연히 합격! 우리는 큰 고민 없이 바로 계약했다.

계약은 속전속결이었는데, 정작 시간은 다른 데서 소요되었다. 작업실 이름이 필요했다. 범선이 밴드가 '양반들', 내 아티스트명은 '연번'이기 때문에 '스튜디오 YB'로 이름을 지을까 했지만, 입에 착 붙지 않았다. 곰곰이 생각해 보니, 우리는 이미 소식이라는 사찰을 만들어 놓고 개인 작업을 하기 위한 공간을 꾸리고 있었다. 불현듯 스님들과 시간을 보내다가 접하게 된 단어 하나가 떠올랐다. 토굴.

도림사에서 주지 종현스님, 정필스님과 차를 마시던 어느 날이다. 정필스님께서 "조금 이따가 저의 토굴로 오이소!"라고 하셨다. 도대체 토굴이 무엇인지 여쭤보았지만, 명확한 답을 주지 않으셨다. 잠시 후 스님들과 차를 타고 시골 어딘가의 골목길로 들어가니, 멀쩡한 집이 떡하니 자리하고 있는 것이다! 그 집이 바로 토굴이었다. 스님들 사이에서는 사찰이 아닌 개인 집이나 터를 토굴이라고 부른다고 하셨다. (참고로 토굴의 사전적 정의는 '묵언과 부동의 고행을 통해 선지식으로 거듭나는 수행의 상징적 처소'다.) 이미 소식이라는 사찰을 하나 세워 놓았으니, 범선이와 내가 준비 중이던 공간은 영락없는 토굴이었다. 게다가 어두침침한 지하다 보니 실제로 땅에 파 놓은 굴이라고도 할 수 있었다. 그렇게 2019년 여름부터 나는 '토굴'이라는 작업실에서 이런저런 프리랜스 일을 하고 있다. 또 여기서 술도 많이 마시고 있다.

토굴은 때마침 퇴사할 때 찾은 공간이었기에, 나는 프리랜서의 삶으로 부드럽게 전환할 수 있었다. 퇴사 직후 진행한 프로젝트는 성균관대학교 입구에 위치한 인문·사회과학 책방 '풀무질'의 벽화다. 풀무질은 2019년에 새 주인에게 인수되며 대대적인 리브랜딩과 리노베이션을 진행했는데, 당시 내게 주어진 임무는 책방으로 내려가는 계단 외벽에 그림을 그리는 것이었다.

풀무질 측에서는 사상에 불을 지핀 작가와 철학가를 그려 달라고 구체적으로 의뢰했는데, 일정이 조금 촉박했다. 대학생들이 개학을 맞는 9월 전에 벽화가 완성되기를 바랐기 때문이다. 일차적으로 선택된 사상가는 백 명이었지만, 시간이 없는 관계로 오십 명으로 줄여 달라고 부탁했다. 덕분에 이틀간, 풀무질은 사상가 선정으로 떠들썩해졌다.

풀무질 벽화 '사상의 불을 지핀 55인의 사상가'

'노자보단 장자야.', '비트겐슈타인 포함하면 아인슈타인도 포함해야지.', '헤겔 빼면 칸트도 빼야 해.', '에밀리랑 샬럿 브론테는 그냥 브론테 자매 한 명으로 치면 안 돼?'

수많은 의견과 요청이 오고간 끝에 오십오 명으로 합의를 보았다. 각 사상가의 상징적인 이미지를 함께 선별하고, 8월 13일에 본격적인 작업을 시작했다. 결국 나는 여러 밤을 지새우고 거의 풀무질에서 노숙하듯이 생활하며 8월 31일 거대한 벽화를 완성시켰다. 무려 135시간을 투자한 작품이었다.

풀무질 벽화를 끝낸 지 일 년이 되지 않아 벽화 작업을 할 기회가 또 생겼다. 언주역 주변에 위치한 '호텔 카푸치노'에서 의뢰한 작업이었다. 호텔 측은 건물 입구 좌측에 외부 테라스 공간이 있는데, 휑해 보이는 외벽을 탈바꿈시켜 달라고 요청했다. 풀무질 프로젝트와는 달리 클라이언트가 구체적으로 의뢰하지 않았고, 자율 주제다 보니 더 어렵게 느껴졌다. 시작점이 필요했기에 호텔 카푸치노의 아이덴티티에서 출발했다. 조사하면서 호텔 이름에 카푸치노가 들어간 이유는 도심 속에서 즐기는 부드러운 휴식 같은 곳을 지향하기 때문이 아닐까 생각했다.

작업을 시작하기 전에 당위성을 수립하고 싶기도 하고, 그림을 그릴 때 내가 어떤 마음가짐으로 작업할 것인지 명확히 하기 위해 작품 제목, 의도, 콘셉트를 정리했다. 제목은 '헛되지 않은 거품'. '아름다운 것은 영원하지 않다. 영원하지 않아서 아름다운 것이다'라는 말을 거품만큼 상징적으로 보여 주는 것은 없다고 생각했다. 그래서 구름과 파도, 비눗방울과 비누 거품, 탄산과 우유 거품 등 아름답고 몽환적인 자연의 거품부터 청량하고 부드러운 생활의 거품까지 표현하고자 했다. 다행히 초기 콘셉트 작업이 순조로웠던 까닭에 호텔 카푸치노 벽화 작업은 별 탈 없이 한 달 만에 잘 마무리했다.

◆ ◆ ◆

좋은 인연 덕분에 일러스트레이터로서 진행한 작업도 종종 있었다. 가끔은 단순히 놀러 다니는 자체가 나름의 영업이 되기도 했다. 일례로 이태원 클럽에서 얼굴을 익힌 사람이 '제이리움'이라는 니트웨어 브랜드 대표였는데, 내 인스타그램을 통해 본 작업을 좋아해 주다가 정식 의뢰를 한 적도 있다. 덕분에 니트웨어 상자에 들어가는 편지지 그림을 그릴 기회를 얻었다.

나와 지속적으로 가까운 친구 관계를 유지하는 진광스님께서 새 책을 출간하신다며 삽화를 부탁하신 적도 있다. 스님 덕분에 조계종출판사와 인연이 생겨서 『모든 순간이 꽃봉오리인 것을』이라는 봉축 기념 소책자에 들어갈 그림도 그렸다.

나만큼 번잡하게 사는 사람이 또 있다면 전범선인데, 그는 '양반들'이라는 밴드 리더다. 덕분에 나는 양반들의 디지털 싱글과 LP 작업도 했다. 지인을 통해 알게 된 엔터테인먼트 대표님을 통해 《돈패닉》잡지 33호 커버 아트 작업을 했고, 인연이 이어져서 「장윤정 BEST 2020」 LP 작업도 진행했다.

호텔 카푸치노 벽화 '헛되지 않은 거품' 작업 중

'양반들' 「Exit」 LP 커버

↑《돈패닉》33호 커버
↓「장윤정 BEST 2020」LP 커버

　최근에 수행한 재미있는 프로젝트는 넷플릭스 「킹덤」의 '피로 물든 역사전'이다. 전시의 총괄 프로덕션을 맡은 스케치드 스페이스(sketchedSPACE) 대표는 이전에 언급한 조영래라는 친구인데, 영래는 내게 조선 시대 유물로 발굴된 족자를 만들어 달라고 요청했다. 드라마에 나오는 열두 장면을 먹으로 이용해 한지에 그려 족자를 제작했고, 낙관은 세 개를 찍었다. '넷플릭스 킹덤(긴덕무)', 장면 설명을 한자로 번역해 주신 '원걸스님(원걸)', 그리고 '나(연번)'다.

　내 아티스트명 연번의 번은 번거로울 번(煩)이다. 나는 번잡하다. 그림만 그리는 프리랜서는 아니다. 컨티뉴에서 근무할 때 주변에 친절하고 훌륭한 디자이너들이 있었기 때문에, 디자인과 브랜딩 관련된 업무도 가까이서 지켜보며 배울 수 있었다. 그래서 퇴사 이후에 나는 디자인, 로고 작업도 해 보기로 했다. 첫 로고 작업은 물론 '소식'이었다. 이후에도 지인을 통한 의뢰가 들어와서 현대무용 스튜디오 '춤집', 수제 막걸리 '달빛막걸리', 춘천 북스테이 호텔 '소락재' 등 다양한 클라이언트를 위한 브랜드 아이덴티티 작업을 진행했다. 물론, 로고 디자인은 나의 전문 분야는 아니다. 하지만 나는 생각한다.

　'이렇게 시작하지 않으면 어떻게 실력을 늘리지?!'

　일러스트 프리랜서 일을 받았다가, 로고 작업을 하게 되고 총체적인 브랜딩까지 맡게 된 프로젝트도 있다. '셀립 라이프 앤 스테이'다. 2019년 10월, 예전에 같이 일했던 김정서라는 분으로부터 연락이 왔다. 정서 님은 '직방'에 미래의 주거 사업을 제안하여 프로젝트를 시작하고 있다고 했다. 또 다른 동료이자 전략가 김보름 님과 함께 사업을 기획하며 사용자 인사이트 기반 브랜드의 이름을 정하려고 하는데, 나와 함께 생각을 나누고 싶다고 했다. 내가 지은 소식과 토굴을 보고 이름을 잘 짓는다고 생각하셨다는 것이다.

곧 우리는 토굴에 모여서 대화를 나누기 시작했다. '집'이란 무엇인지, 어때야 '집'이라고 할 수 있는지, 다른 사람들과 함께 산다는 것은 무엇인지, 사용자들이 원하는 것이 무엇인지에 대해 수다를 떨 듯이 이야기를 나누었다. 이 수다의 과정을 거쳐 수많은 선택지를 줄이고 줄인 끝에 남은 옵션들 중 어느 것이 좋을지는 투표로 결정했다. 투표 결과는 '셀립(célib)'. 셀립은 일인 가구를 칭하는 말 중 사회적으로 부정적 뉘앙스를 담기도 하는 '싱글', '솔로' 같은 단어와는 다르다. 혼자 살아도 '자유롭게, 완전하게, 나답게 살아가는 일인'을 칭하는 프랑스어 '셀리바테르(célibataire)'와 자유를 뜻하는 '리베르테(liberté)'를 합친 단어이기 때문이다. 우리는 일인 가구를 보다 긍정적으로 바라보며 그들을 위해 더 나은 주거 환경을 제공하는 브랜드의 이름으로, 셀립보다 좋은 것은 없다고 결론 내렸다.

이름이 정해졌으니 나와 셀립의 인연도 끝날 줄 알았는데, 아니었다. 정서 님은 브랜드 로고와 웹 사이트에 보일 일러스트를 추가적으로 의뢰했다. 신개념 일인식 주거 서비스의 다양한 모습,

사람들이 홀로, 또 함께 살아가는 모습을 그리는 과제였다. 초창기에 셀립 아이덴티티의 요소는 잠, 밥, 놀이였는데, 이에 개인실에서는 남의 눈치를 보지 않고 침대에서 뒹구는 시나리오, 커다란 공유 주방에서는 사람들이 제각기 요리를 하거나 건강한 집밥을 챙겨 먹는 시나리오, 그리고 다양한 공용 공간과 라운지에서는 사람들이 여가를 즐기는 시나리오를 표현했다.

일러스트를 다 작업하고 한 달이 지나자 재밌는 기회가 또 생겼다. 이번에는 공간 스타일링 의뢰였다. '셀립 순라'의 지하 공간과 콘셉트 객실 세 개를 꾸며 달라고 부탁하셨다. 스타일링을 의뢰받기는 처음. 잘할 수 있을지 확신이 들지는 않았지만, 해 봐야 아는 것이었다. 나는 선뜻 기회를 받아들였고, 과정과 결과는 만족스러웠다. 주어진 예산에 맞춰 카펫, 화병, 소파, 램프, 테이블 등 셀립의 경험에 어울릴 만한 수많은 가구와 소품을 고르는 활동은 더할 나위 없이 재미있었다.

그리고 인연과 업무의 눈덩이는 계속 커져만 갔다. 공간 스타일링 이외에 새 지점 콘셉트 기획, 인테리어 디자인 기획, 다양한 사이니지(signage), 홍보용 촬영 콘셉트 개발과 촬영 모델, 체험 입주 공간 스타일링, 홍보 포스터 디자인 및 제작 등으로 업무가 늘어 간 것이다. 현재 나는 셀립에서 브랜드 디자인, 아트 디렉팅, 고객 경험 기획 등 갖가지 업무를 수행하고 있으며, 새로운 셀립들을 함께 기획하고 있다.

이 글을 쓰며 새삼 느끼게 된다. 지금 현재 나의 '업'을 정의

내릴 수 있는 요소는 예전과 다를 게 없다. '그림, 생각, 분석, 글'로 다들 아주 살짝씩만 발전되었을 뿐이다. 나는 지금도 내가 무얼 하는 사람인지, 짧고 간략하게 표현하지 못한다. 하지만 명백한 사실은 나는 단순히 돈만 벌기 위해 업을 확장시켜 나가고 있지 않다는 것이다. 일은 재미있어야 하고, 돈도 벌 수 있어야 하고, 성장에도 도움이 되어야만 한다. 현재로서는 이 세 가지가 모두 충족된다고 느낀다. 그래서 나는 매일매일 해야 할 일을 정리하고, 하나하나에 즐겁게 집중하며 살고 있다.

信用匕首刺死僵尸。

넷플릭스 「킹덤」의 '피로 물든 역사전' 작업 중

달 빛 막 걸 리
M O O N L I G H T
B R E W E R Y

↑ 수제 막걸리 '달빛막걸리'
↓ 춘천 북스테이 호텔 '소락재'

↑ '셀립 라이프 앤 스테이'
↓ 현대무용 스튜디오 '춤집'

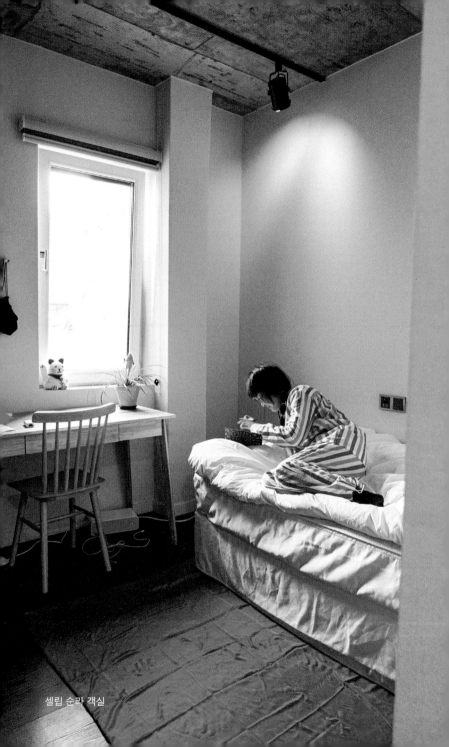

셀립 순라 객실

셀립 은평 1층 로비

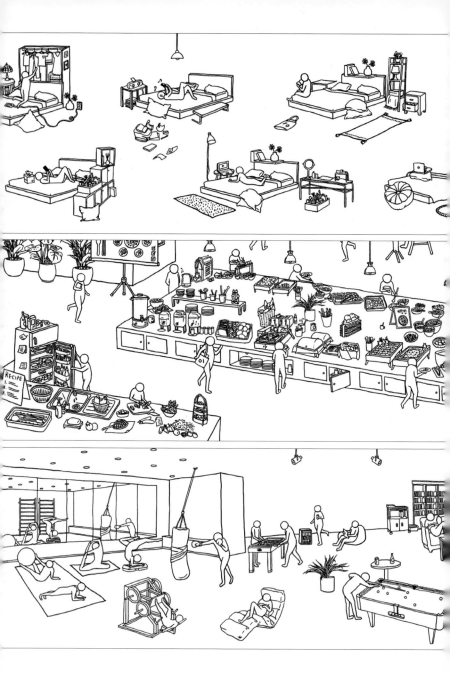

셀립 시나리오 #잠, #밥, #놀이

토굴

그럼에도, 삶의 낙

2020년 이후 세상도, 우리의 일상도 많은 것이 바뀌고 있다. '코로나 블루'라는 말이 유행할 만큼 코로나19로 인한 커다란 변화에 우울해하고 힘들어하는 사람들이 많다.

나 역시 내 삶의 낙을 모두 잃었다. 여행을 못 가게 된 것도 슬프지만, 클럽을 못 가게 된 것 역시 아쉽다. 주말마다 클럽에 놀러 가 음악 취향과 성향이 잘 맞는 친구들과 밤새 시간을 보내는 것은 내 삶에서 상당히 중요한 부분이었다. 친구들과의 대화, 새로운 만남, 흥겨운 음주가무에 대한 기다림은 주중을 더욱 알차고 성실하며 부지런히 보내게 하는 원동력이었다. 하지만 여행도, 클럽도 잃은 지 어느덧 오래.

그럼에도 불구하고 나란 사람은 어떻게든 즐겁게 살고 싶었는지, 새로운 삶의 낙을 찾게 되었다. 하나는 요리, 또 하나는 식

물이다.

♦♦♦

요리가 삶의 낙으로 자리 잡힌 시기가 좀 공교롭다. 소식에서 손을 뗀 직후이기 때문이다. 뒷북도 이런 뒷북이 없다. 식당 폐업을 하고 나서야 요리에 관심을 가지다니… 하지만 여기엔 나름의 이유가 있다. 업소를 청소하고 비우는 과정에서 셰프님이 사용하시던 온갖 건식 재료와 주방용품이 남았다. 밀가루, 각종 향신료, 후추, 다시마, 냄비, 프라이팬 등등. 버리기엔 아깝고, 중고 장터에 팔기엔 귀찮았다. 마침 작업실 토굴이 식당에서 도보 오 분 거리에 위치해 있기에, 이 물건들을 모두 토굴로 옮겼다. 덕분에 토굴 한쪽이 자연스럽게 주방으로 바뀌면서, 요리에 관심을 가질 환경이 마련된 것이다.

환경 조성과 더불어 요리에 관심을 가지게 된 또 하나의 이유는 절약이다. 프리랜서 생활을 시작하며 모든 수입과 지출을 꼼꼼하게 기록하는 습관을 들이게 되었다. 그 결과, 생활비 지출의 상당 부분이 외식비라는 사실을 알 수 있었다. 식비를 아끼고자 하나둘 만들어 먹다 보니, 생각보다 퍽 재미가 있었고, 재미는 곧 취미로 이어졌다.

지난 시간 동안 시도해 보지 않아 낯설었을 뿐, 요리가 별달리 어렵진 않았다. 심심하면 침대에 누워 레시피 영상을 시청했고, 이를 토대로 파스타도 시도해 보고 내가 좋아하는 채소들로만

구성한 '맞춤형 부침개'도 만들어 먹었다. 이렇게 요리를 익히는 과정에서 '의미'도 찾을 수 있었다. 라면수프 대신 간장과 채수를 사용하고, 튀긴 인스턴트 면 대신 메밀 면을 쓰는 등, 내 건강을 위한 식단을 고민하게 된 것이다. 장 보는 재미 역시 아주 쏠쏠하다. 요즘 제철 채소가 무엇인지, 오늘 쿠팡프레시 할인 채소는 무엇인지 검색하고, 내일은 토굴에서 어떤 재료로 밥을 해 먹을지 상상하며 잠드는 나날이 늘어났다.

이렇듯 요리를 즐기다 보니 자연스럽게 사찰 음식이 다시 화두로 떠올랐다. 소식 콘셉트를 개발하고 식당을 열었을 뿐, 본질적인 음식이나 요리 자체에 대해서는 일가견이 없었기에, 식당을 재개업할 용기는 없었다. 하지만 뒤늦게라도 사찰 음식에 대해 더 알아보고 싶었다. 그래서 2020년 9월 대한불교조계종에서 주최하는 전문 사찰 음식 조리 강좌에 삼 개월간 참석하여 초급 과정을 수료했다. 2022년 봄, 지금은 중급 수업을 듣고 있다.

생각해 보면 요리하는 생활은 베를린에서 만끽한 자전거 생활과 비슷한 쾌감을 안겨 준다. 내가 갈 길을 직접 개척하듯, 내 몸과 마음에 중요한 영향을 끼칠 음식을 재료부터 직접 선택하고 손수 만들기 때문일까? 내가 먹을 음식을 내가 요리하는 것, 생각보다 더 뿌듯하고 보람된 일이다.

더불어 요리하는 생활은 월정사에서 보낸 시간을 떠올리게 한다. 준비하는 과정에서 각 재료에 온정신을 쏟는 것은 일종의 명상이기 때문이다. 나는 지금도 심심하면 주방으로 향한다.

♦♦♦

식물에 대한 관심은 작은 선물로부터 시작되었다. 2020년이 시작될 무렵, 친구가 신기하게 생긴 식물을 들고 토굴을 방문했다. 틸란드시아라고 했다.

토굴에 생긴 첫 식물이어서 정이 가기 시작했다. 창문 하나 없고 곰팡이 가득한 지하를 함께 살아간다는 동지애가 생기기도 했고, 괴상한 모양새도 나름 매력적으로 보였다. 출퇴근 때마다 꼭 한 번은 쳐다보고 잎을 쓰다듬어 주었고, 물은 일주일에 한 번씩 주었다. 그러던 어느 날, 토굴로 출근해 틸란드시아를 살펴봤는데 이상한 혹 같은 게 툭 튀어나와 있었다.

분명 전날 퇴근할 때는 보이지 않던 혹이다. 처음에는 다소 소름이 끼쳤다. '대체 뭐지? 불과 열 시간 전까지만 해도 없던 게 생기다니!' 그리고 또 하루가 지났다. 마찬가지로 열두 시간이 채 지나지 않아서 출근 후 식물을 살펴보니, 혹은 더 커져 있었다.

시간이 지날수록 그토록 신기하고 기특할 수가 없었다. 햇빛 하나 없는 척박한 환경에도 굴하지 않고 꿋꿋하게 제 몫의 성장을 해내는 식물이라니! 나는 매일같이 꽃의 움직임을 사진으로 포착했고, 이렇게 나의 첫 식물 앨범이 탄생했다.

나의 토굴 메이트 틸란드시아 덕분에 즐기기 시작한 활동이 있다. 먼저 새싹과 꽃 구경. 봄의 시작을 알리는 목련 꽃봉오리, 깨알같이 솟아오르는 수많은 파릇파릇한 새싹들이 서른 살이 되어서야, 정확히는 틸란드시아를 키우기 시작하고서야 보였다. 볼 때마다, 볼수록 정말 경이롭고 아름답다. 서울 도심 한가운데서도 자연을 느낄 수 있다는 사실을 이제서야 깨달은 것이다.

2021년 봄에는 버스에서 홀로 울컥해 눈물을 흘릴 뻔한 적도 있다. 버스를 타고 이태원을 지나가는데, 이전까지는 꽃에 정신이 팔려 미처 보지 못했던 새싹들이 눈에 들어왔다. 가로수 나뭇가지마다 연두색 깨알들이 가득했다. 꽃처럼 화려하지는 않지만 천천히, 꿋꿋이, 진득하게 올라오는 새싹을 보니 갑자기 가슴이 벅찼다. 누구 하나 눈길 주지 않아도 자기 삶을 살아가는 새싹이 대견하고, 놀랍고, 존경스럽기까지 했다.

그래서 시작한 것이 싹 키우기다. 아예 씨앗을 심는 일부터 시작해, 이 감동적인 탄생과 성장의 과정을 온전히 지켜보고 싶었다. 물론, 그 결실이 결국 내 입으로 들어간다는 데서 다소 감동이 깨지긴 하지만! 그러나 지극히 당연하고 자연스러운 생태계의 순환일 뿐이다.

여하튼 씨앗부터 직접 키운 첫 자식은 금감이다. 깜찍하고 상큼한 금감을 먹고 씨앗을 보관했다. 씨앗을 발아시킬 곳으로 낙점된 건 작업실 토굴. 어둡고 축축한 땅속이니 이보다 적합한 장소가 없었다. 접시에 냅킨을 도톰하게 깔아 주고 매일 정성껏 물을 뿌려 주며, 씨앗이 싹을 틔우는 과정을 살펴보았다. 한동안 금감의 성장 과정을 보는 재미로, 토굴에 열심히 갔던 기억이 난다. 이 금감 씨앗은 떡잎이 나오고 나서는 정원으로 입양 보냈다.

수세미도 키웠다. 2020년 정원에서 수확한 수세미를 손질

해 설거지할 때 썼고, 그 자식들(씨앗)은 토굴에서 발아시켰다. 발아된 씨앗은 2021년, 정원에서 무럭무럭 자랐고, 나는 새 친환경 수세미를 얻었다.

한때 인터넷에 아보카도 씨앗을 키우는 사진과 영상들이 많이 올라왔다. 대파를 화분에 심어 키워 먹는 사람들도 있다. '파테크'라는 귀여운 단어도 파생했다. 생각해 보면 우리가 쓰레기로 버리는 수많은 채소 밑동과 씨앗은 잠재적 생명이다. 재미 삼아 심어 보면 직접 키우는 재미도 쏠쏠하고, 식재료비도 아낄 수 있다. 그러니 다들 한 번쯤 도전해 보면 좋겠다. 이 작고 소소한 도전들이, 지금 우리가 처한 위기와 우울을 극복할 큰 힘이 될지도 모르니 말이다.

여하튼, 새벽 일상

프리랜서로 활동할 때든, 직장 생활을 할 때든 나는 주로 새벽에 일한다. 그 누구의 방해도 받지 않고 오로지 혼자일 수 있는 시간. 새벽만큼 나에게, 내가 좋아하는 작업에, 집중이 필요한 일에 몰두할 수 있는 때는 없기 때문이다. 종일 소음으로 가득했던 길거리에 평온한 고요가 감돌고, 연신 시끌벅적하던 카톡 창마저 잠잠해지는 새벽은, 나만을 위해 쓸 수 있는 지극히 사적인 시간이다.

♦♦♦

프리랜서 생활을 할 때, 나의 기상 시간은 새벽 4시 15분이었다. 4시 15분에 일어나 준비한 뒤 작업실 토굴에 도착하면 5시. 불을 켜고 커피를 내리고 향을 피우는 행위는 하루를 시작하는 나만의 성스러운 의식이었다.

마음이 번잡할 때는 출근하자마자 유튜브로 '108대참회문' 영상을 틀어 놓고 108배를 하기도 했는데, 나름 운동이 되었다. 의식도 치렀고, 운동도 했으니, 이제 본격적인 업무를 시작할 시간! 한동안 점심 식사 전까지는 원고 작업을 꾸준히 했는데, 책 출간을 위한 글쓰기는 유일무이하게 음악조차 허락되지 않을 만큼 집중을 요하는 일이었다. 그렇게 다섯 시간쯤 몰입해 일하고 나면 혼자 맛있는 점심밥을 해 먹고, 이후부터는 남은 시간을 잘게 쪼개 여러 프리랜스 업무를 진행했다.

새벽 업무의 장점은 불특정 다수로부터의 방해가 없으니, 집중력과 효율성이 올라간다는 것. 거기에 더해 새벽 출근에 따른 몇 가지 실질적인 이득도 있다. 첫째, 시간을 아낄 수 있다. 이른 새벽에는 도로가 뻥 뚫려 있어, 출퇴근 시간대에는 삼사십 분이 소요될 거리를 십오 분 만에 이동 가능하다. 둘째, 돈도 아낄 수 있다. 새벽 6시 30분 이전에 대중교통을 이용하는 승객은 20퍼센트 할인 혜택이 주어진다. 나의 경우 할인 금액은 240원 정도였지만 티끌 모아 태산이라고, 십오 일만 모아도 스타벅스 커피 한 잔 값이다. 그리고 마지막 셋째는 오직 새벽에 출근하는 사람만 누릴 수 있는 상쾌한 공기, 그리고 고요한 거리가 안겨 주는 여유와 사색의 시간이다.

이런 새벽 일상을 시작한 것은 본격적으로 사회생활을 시작하면서부터다. 이상하게 점심 식사 이후 집중력이 현저히 떨어졌고(아마도 따뜻한 햇살과 식곤증 때문이었던 것 같지만), 밥을 먹고 나면 빨리 퇴근해서 쉬고 싶은 생각뿐이었다. 하지만 마음과는 달리 해야 할 일은 쌓여 있고, 하고 싶은 일은 밀려 있고… 결국 점심 식사 이전의 시간, 즉 오전 시간을 최대한 활용하기로 한 것이다.

물론 처음부터 새벽 4시 15분에 일어난 것은 아니다. 초반에는 6시에 기상했다. 하지만 새벽 시간의 매력이 점점 커지고, 또 해야 할 일도 점점 많아지면서 알람을 십오 분, 삼십 분, 한 시간씩 계속 앞당기다가 결국 4시 15분에 이르렀다. 그나마 더 빠른 기상까지 가지 않은 이유는, 버스 첫차가 집 앞 정류장에 도착하는 시간이 4시 40분이기 때문이다. (4시 15분에 일어나 십오 분간 준비하고, 집을 나서면 정류장까지 걸어가는 데 십 분이 걸린다.) 첫차의 정류장 도착 시간이 이보다 빨랐다면? 아마 나의 기상 시간도 더 빨라졌을 것이다.

♦♦♦

"와, 대단하다. 넌 잠도 없어?"

내 새벽 일상을 공유했을 때, 대부분의 친구와 지인들이 보였던 반응이다. 나의 답변은 늘 하나.

"일찍 자서 일찍 일어나는 거야."

실제로 일이 바쁘지 않을 때는 오후 4~5시면 퇴근해 6시에 저녁을 먹은 후 씻고 바로 잠을 자기도 했다. 취침 시간이 늦어져 봤자 밤 9시였다. 하지만 일찍 자고 일찍 일어나는 '착한 어린이'의 생활은 프리랜서로 일할 때만 가능한 것이었다.

직장 생활을 시작한 뒤로는 오전 10시까지 사무실로 출근해야 했기에, 새벽 일상이 불가능했다. 처음 몇 주간 시도는 해 보았다. 새벽에 해방촌 토굴에서 개인 업무를 보고, 10시까지 사무실로 가는 일정을. 그런데 생각보다 훨씬 빡빡하고 힘들었다. 아무래도 차가 많이 막히는 출근 시간대이다 보니, 작업실에서 사무실로 이동하는 데 시간이 많이 소요됐기 때문이다. 한동안은 새벽 시간을 좀 더 확보하고자 하는 다급한 마음에, 새벽 4시 이전에 할증 요금까지 내면서 택시를 타고 작업실을 가기도 했다. 하지만 이런 새벽 일상은 의미도 없고, 효율적이지도 못했다. 나의 시간과 돈을 아껴 주지도 못했을뿐더러, 새벽의 가장 큰 선물인 여유마저 잃어버렸기 때문이다.

결국 고민 끝에 좀 다른 새벽 일상을 시작했다. '새벽부터' 일을 하는 게 아니라 '새벽까지' 일을 하는 것이다. 퇴근 후 작업실에 도착하면 저녁 7시. 주변을 정리한 후 저녁을 먹고 자리에 앉으면 벌써 8시. 이때부터 프리랜스 일을 시작하면 거의 새벽 4시까지는 이어지곤 한다.

특히 최근에는 정말 바빴다. 회사 업무 외에 추가적으로 중요한 프로젝트가 세 개나 진행된 관계로, 매일 최소한 여덟 시간은 프리랜스 일을 해야 했다. 그나마 새벽 3시에 집으로 간 날도 있지만, 새벽 6시에야 작업실 문을 나섰던 날도 생각난다. 그날 회사에서 나는 무려 에스프레소 8샷을 들이부었다. 이렇게 좀비처럼 하루를 보낸 날에는 이런 생각이 들기도 한다.

'부지런히, 바쁘게 사는 수밖에 없는 걸까. 남들이 자는 시간엔 나도 같이 자면 안 되는 걸까.'

하지만 새벽 일상이 없었다면, 사회생활을 하는 동시에 재미있는 일을 많이 벌이기란 불가능했을 것이다. 게다가 누구에게도 방해받지 않는 나 혼자만의 시간과 여유는, 절대 포기할 수 없고 포기하기 싫은 소중한 선물이다.

새벽부터든, 새벽까지든, 여하튼 나의 새벽 일상은 아마도 오래도록 계속되지 않을까 싶다. 내가 해야 할 일, 하고 싶은 일이 있는 이상은 말이다.

삽질하면 어때

1판 1쇄 찍음 2022년 4월 13일
1판 1쇄 펴냄 2022년 4월 21일

지은이 박연

편집 정예슬 김수연 김지향
디자인 한나은
미술 이미화 김낙훈 이민지
마케팅 정대용 허진호 김채훈 홍수현 이지원
　　　이지혜 이호정
홍보 이시윤 박그림
저작권 남유선 김다정 송지영
제작 임지헌 김한수 임수아 권혁진
관리 박경희 김도희 김지현

펴낸이 박상준
펴낸곳 세미콜론
출판등록 1997. 3. 24. (제16-1444호)
06027 서울특별시 강남구 도산대로1길 62
대표전화 515-2000
팩시밀리 515-2007
편집부 517-4263
팩시밀리 515-2329

세미콜론은 민음사 출판그룹의
만화·예술·라이프스타일 브랜드입니다.
www.semicolon.co.kr

트위터 semicolon_books
인스타그램 semicolon.books
페이스북 SemicolonBooks
유튜브 세미콜론TV

ISBN 979-11-92107-56-1 03810